30
ANOS

O CONTO ZERO E OUTRAS HISTÓRIAS

A marca FSC® é a garantia de que a madeira utilizada na fabricação do papel deste livro provém de florestas que foram gerenciadas de maneira ambientalmente correta, socialmente justa e economicamente viável, além de outras fontes de origem controlada.

SÉRGIO SANT'ANNA

O conto zero e outras histórias

Copyright © 2016 by Sérgio Sant'Anna

Grafia atualizada segundo o Acordo Ortográfico da Língua Portuguesa de 1990, que entrou em vigor no Brasil em 2009.

Capa
Christiano Menezes

Foto de capa
Retina_78

Preparação
Silvia Massimini Felix

Revisão
Valquíria Della Pozza
Angela das Neves

Os personagens e as situações desta obra são reais apenas no universo da ficção; não se referem a pessoas e fatos concretos, e não emitem opinião sobre eles.

Dados Internacionais de Catalogação na Publicação (CIP)
(Câmara Brasileira do Livro, SP, Brasil)

Sant'Anna, Sérgio
 O conto zero e outras histórias / Sérgio Sant'Anna. — 1ª ed.
— São Paulo : Companhia das Letras, 2016.

ISBN 978-85-359-2740-5

1. Contos brasileiros I. Título.

16-03131   CDD-869.3

Índice para catálogo sistemático:
1. Contos: Literatura brasileira 869.3

[2016]
Todos os direitos desta edição reservados à
EDITORA SCHWARCZ S.A.
Rua Bandeira Paulista, 702, cj. 32
04532-002 —São Paulo — SP
Telefone: (11) 3707-3500
Fax: (11) 3707-3501
www.companhiadasletras.com.br
www.blogdacompanhia.com.br
facebook.com/companhiadasletras
instagram.com/companhiadasletras
twitter.com/cialetras

Sumário

O conto zero, 7
Flores brancas, 31
Vibrações, 69
O conto, 126
Papeizinhos rasgados, 133
O presépio, 135
A bruxa, 148
Bastidores, 156
Caminhos circulares, 159
O museu da memória, 170

O conto zero

Não seria propriamente um conto, ficaria dias e mais dias rondando a sua cabeça, você não escrevia uma única frase, uma palavra que fosse, pois ela o comprometeria com um seguimento, um desfecho, e o que você queria era uma prosa solta, que não precisasse ser escrita e concluída; que fosse um pensamento livre em movimento, levando-o a paragens infinitas e movediças, algo que nunca chegava a fixar-se, apesar de alguma ordem. Mas se poderia argumentar: se não se escreve não é um conto, mas para você é, existe um protagonista, um ser que habita um corpo e agora se põe em situação, está sentado em um banco individual de lotação, você o pegou na rua São Francisco Xavier, nas cercanias de Vila Isabel, depois de ter saído do Maracanã, digamos que de um jogo entre Vasco e América, você ia a qualquer jogo, sozinho ou com o seu irmão, o pai os deixava livres, era uma outra época, sem muita violência, da cidade; você estava com doze anos, até quase a metade deste ano de 1954 morara com a família em Londres, onde o pai fizera um curso de pós-graduação em ciências econômicas e o pai também não os impedia de saírem sozinhos pela cidade estrangeira, que vocês dominavam melhor do que os adultos. Matando aula, vocês percorriam todas as estações do metrô, bastava pagar com moedas na máquina os bilhetes para a estação mais próxima — os preços eram diferenciados — e torcer para não aparecer nenhum fiscal que poderia levá-los para o colégio ou para casa, vai ver até passando pela delegacia, a rigidez inglesa que criminalizava até meninos, discutia-se isso na TV. E, com o bilhete mínimo, vocês iam aonde quisessem, desde que não tentassem sair numa estação fora do perímetro do bilhete.

Um dia, no colégio, na hora em que todas as turmas se reuniam num salão, antes do almoço, vocês assistiram, estarrecidos, ao *headmaster* chamar um menino — um dos menores — à sua presença e, depois de dizer qualquer coisa ao garoto, referente a uma falta disciplinar, mandou que ele estendesse a mão, uma de cada vez, e levantando o *headmaster* a própria mão, segurando uma sola de borracha, aplicou a palmatória, com violência, três vezes em cada mão do menino, que abriu a boca de tanto chorar. Você e seu irmão ficaram chocados e revoltados. No Brasil isso seria inconcebível. Se você conta isso neste momento do texto, é porque talvez tenha tido uma grande influência no gazetear de aulas.

Vocês moravam e pegavam o metrô em Kensington (Olympia), então deveriam descer em Earl's Court, a fim de pegar de novo o *tube* até Leicester Square e aí para Hampstead, onde se localizava o colégio, mas em vez de fazer isso, nos dias de gazeta, percorriam os subterrâneos da cidade inteira, saindo até do condado, quando o trem já subira à superfície, e depois retornavam a Earl's Court, tão perto de Olympia que dava até para ir a pé. Depois, começou a ficar monótono andar de metrô e, nesses dias, vocês roubavam moedas de seus pais ou mesmo uma nota de dez shillings e saíam às ruas, pegavam um ônibus e sentavam-se nos primeiros bancos do segundo andar e tinha-se uma visão magnífica da cidade. Numa dessas, desceram do ônibus e compraram, picado, de um veterano de guerra perneta, dois cigarros da marca Player's Navy Cut. Ao tragarem pela primeira vez na vida, sentiram a tonteira do corpo e a emoção da transgressão.

Certa tarde, obviamente matando aula, com uma nota de dez num dos bolsos, resolveram ir ao Museu de Cera Madame Tussauds, onde os pais já os haviam levado, e conferiram outra vez a perfeição das estátuas, reproduzindo figuras ilustres do passado ou não, pois lá estavam o emparedador de mulheres Jules Chrystie, que acabara de ser enforcado, e o craque da seleção inglesa Stanley Mathews. Mas luzinhas piscaram nos cérebros de vocês dois e resolveram passar para o salão anexo, onde havia um conjunto variado de máquinas caça-níqueis. E lá se foram as suas moedas, inclusive duas de duzentos réis, que obviamente haviam trazido do Brasil e tinham a dimensão idêntica à das moedas de seis pence. E puderam comprar dois biscoitos por duzentos réis, já que chocolate, só com o cartão de racionamento. O problema é que ficaram totalmente sem dinheiro para a volta — duzentos réis passavam também na máquina do metrô. E como voltar para casa de Baker Street até Kensington (Olympia)? Problema que não demorou a ser resolvido, quando passaram por uma banquinha de jornal self-service, parecendo um caixote na vertical, que vendia o *Daily Telegraph*. E pegaram o metrô com moedas que tiraram do caixote, a tempo de voltar para casa no horário previsto e cheios de sentimento de culpa, pois a honestidade era uma virtude inconteste no império da jovem Elizabeth II.

Mas o jogo os havia fisgado e, no dia seguinte, enquanto o pai tomava o banho matinal, seu irmão pegou na carteira dele novamente uma nota de dez shillings, além de algumas moedas em seu bolso. Somadas estas moedas com as que o pai lhes dava para o metrô, puderam repor o dinheiro na banca de jornal self-service, aplacando o seu sentimento de culpa. E rumaram para o Museu Madame Tussauds, indo direto para o salão de caça-níqueis.

Trocaram logo a nota de dez shillings, o que lhes forneceu, em moedas, cento e vinte pence, pois cada shilling se subdividia em doze moedas de um penny, bem pesadinha, com a efígie do falecido rei George VI, na maioria. Era uma quantidade considerável de moedas, que dividiram em partes iguais, que pesavam no bolso do casaco azul de cada um. Vale esclarecer que os meninos ingleses, numa época de economia pós-guerra, trajavam sempre seus uniformes de colégio, indo para as aulas ou não. E o uniforme de vocês era calça e camisa cinza, de mangas compridas, em diferentes tons, um suéter com frisos coloridos e paletó e boné azuis, estes com escudos do colégio gravados. Por mais incrível que possa parecer, ninguém os interpelava ali na sala de caça-níqueis do Madame Tussauds, e também em suas flanagens pelo metrô.

A máquina preferida de vocês, meio chatinha de explicar, era uma em que se punha uma moeda de um penny numa abertura, acionava-se manualmente um mecanismo e uma seta se abria dentro de um visor, dividindo-o em partes desiguais. Aí você puxava um outro mecanismo e disparava uma bolinha, como nas *pinball machines*. Se a bolinha caísse do lado esquerdo da seta, a máquina devolvia-lhe duas bolinhas, as quais era possível disparar novamente, sempre procurando o lado esquerdo da seta, que poderia ser maior ou menor do que o lado direito, dependendo da sua sorte. No final, a máquina acabava levando todas as suas bolas e moedas, sendo que, desta vez, vocês haviam preservado o dinheiro das passagens de metrô, pois não queriam roubar a banca self-service outra vez.

Mas vocês já estavam viciados e, em casa, de noite, enquanto o pessoal assistia à tevê — uma tevê em preto e branco, pequena, alugada —, seu irmão roubou uma nota de nada menos que uma libra, o que era um furto audacioso, pois seu pai poderia dar falta dela. Mas não deu. Levando-se em conta que uma libra valia vinte shillings, e um shilling, como já foi dito, doze pence, a troca da nota daria um montante de duzentos e quarenta pence. Para não dar muito na vista, trocaram primeiro dez shillings, obtendo o mesmo montante da véspera, que levaram duas horas para perder. E, de repente, se sentiram cansados daquelas máquinas de bolinhas por um penny. Então trocaram na caixa — era como um pequeno cassino — a nota restante de dez shillings, por moedas um pouco mais valiosas, como a de seis pence e a de meia coroa — dois shillings e meio — para usufruir de atrações maiores, até mesmo na rua. Isso, a rua, vocês confabularam. Mas antes de chegarem à porta, passaram por uma máquina que, por seis pence, imprimia pulseirinhas de lata barata prateada. Assim: você introduzia na abertura uma moeda de seis pence e, com uma manivela, ia gravando, letra por letra, conforme um indicador, sem que a pulseirinha fosse vista no momento da gravação. Esperava-se que você gravasse na pulseirinha o seu nome ou o de algum ente querido. Então você pôs a moeda na máquina e gravou as letras da palavra *silly* (bobo ou boba) e afastou-se dali. Melhor não poderia ser, porque se aproximou do mecanismo um casal de namorados e o rapaz foi gravando letra por letra, totalizando umas dez, com certeza os nomes deles dois, como quem risca a canivete no tronco de uma árvore os seus nomes e um coraçãozinho. Mas quando puxou a manivela, para retirar a pulseirinha, fez um muxoxo e mostrou-a à namorada, que sorriu amarelo, entendendo que tinham sido vítimas de alguma brincadeira de mau gosto, pois saiu gravado *silly* fulano e fulana. Então ele amassou a pulseirinha e jogou-a no lixo. Possivelmente, terão visto vocês dois saindo do recinto, porta afora. Mas vocês iam rápido, porque era mais ou menos hora de voltar para casa.

No dia seguinte, vocês decidiram voltar às aulas, pois, além de o dinheiro estar escasso — era arriscado furtar outra vez —, o pessoal da St. Anthony's School poderia estranhar as ausências sem nenhum aviso e ligar para a casa de vocês. E pegaram o metrô na estação de Kensington (Olympia), na hora apropriada, e desceram em Earl's Court, em que deveriam pegar uma composição até Leicester Square onde pegavam novamente o *tube* da Northern Line rumo a Hampstead, a estação mais próxima do colégio. E desceram mesmo em Hampstead, pensando em dar a desculpa de que ambos haviam pegado uma gripe, por isso faltaram três dias à aula.

Mas, à medida que subiam a ladeira que ia dar no colégio, suas pernas iam ficando mais pesadas e um desânimo profundo tomava conta de vocês. E decidiram matar as aulas daquele dia, só mais daquele dia. E deram meia-volta, mas, no descer a ladeira, viram, bem mais abaixo, um garoto da escola. Não da sua classe, mas da escola. Viraram então o rosto e atravessaram a rua, apressando o passo, com a esperança de não terem sido vistos. E retornaram à estação de Hampstead e desceram a escada rolante. E passaram o dia inteiro no underground, pois já haviam abusado dos caça-níqueis e sentiam uma culpa e um medo difusos.

Chegaram em casa numa hora plausível, e a mãe perguntou como tinham sido as aulas? Normais vocês disseram e aí a mãe, não escondendo a raiva, disse que Mr. Patton, o *headmaster* do colégio, telefonara perguntando por que vocês não estavam indo às aulas? Mas eles estão indo, ela dissera. Não, retrucou Mr. Patton, já não vêm há quatro dias.

"Quero saber o que vocês estavam fazendo na rua?", disse a

mãe, ainda raivosa. "Aliás, deixem, vocês vão contar na presença do seu pai, quando ele chegar da faculdade."
Na presença da mãe e do pai, evidentemente, eles só contaram os passeios de metrô, com as moedinhas. Os pais se espantaram, mas acabaram acreditando. Vocês não iriam dizer que roubaram dinheiro em casa e foram ao museu de cera e aos caça-níqueis, iriam?
Era uma sexta-feira e o pai foi inflexível: como castigo, não poriam os pés na rua no fim de semana. Vocês imploraram e imploraram e até usaram o argumento da palmatória e da comida horrível e obrigatória no colégio; você chegara, um dia, a empurrar repolho para dentro do bolso do casaco. E ficar preso em casa num apartamento pequeno era um castigo terrível, sem nem mesmo um cineminha, mas de nada adiantou. O pai foi inflexível e, já a partir da segunda-feira, começou a levar e buscar vocês de novo no colégio, prejudicando até as aulas dele na London School of Economics. Vocês moravam numa rua modesta e, durante o castigo, não tiveram o direito de descer, para ver se travavam amizade com os meninos da rua, que formavam uma turma, vocês observavam da janela, mas nem isso. Aliás, nunca arrumaram amigos ali nas redondezas. Agora tem quase certeza de que a mãe evitava o contato de vocês com meninos protestantes-anglicanos. Por isso fizera seu pai matriculá-los num colégio católico, que só conseguiram no outro extremo de onde moravam em Londres.
Você até hoje não sabe o que o pai teria conversado com o *headmaster*, mas foi convincente — o seu palpite é que o pai justificou vocês de alguma forma —, pois vocês assistiram às aulas normalmente naquela segunda e não receberam punição no colégio. Com certeza, o pai deve ter explicado ao *headmaster* o castigo que já fora aplicado no fim de semana e a dificuldade de vocês se adaptarem a uma escola estrangeira.

O fato é que seu pai era um homem muito bom e o castigo não rendeu. Mas ele e sua mãe nunca souberam o que vocês fizeram naqueles quatro dias. E logo vocês já andavam soltos de novo nas ruas de Londres, iam ao cinema sozinhos e outras coisas mais. Andavam até sozinhos de metrô, mas nunca mais para o colégio, e isso devia fazer parte da combinação com o *headmaster*.

Seria inesgotável, e aborrecido, contar todos os passeios que fizeram em Londres, mas você não pode deixar de registrar que estavam lá durante a coroação de Elizabeth II, em junho de 1953, e o pai comprou um lugar numa arquibancada para o monumental desfile da nova rainha, idolatrada por todo o povo, e que vocês puderam ver passar na carruagem aberta, ao lado do príncipe Phillip e acenando para a multidão.

Mas esta peça está ficando inteira sobre Londres e não era isso que você pretendia e sim devaneios sobre sua cidade, o Rio de Janeiro, de que estavam morrendo de saudades, principalmente ali trancafiados naquele fim de semana. Eram tímidos para travarem amizade com os meninos do quarteirão, naquela rua de edifícios modestos, e sua mãe também os dissuadia.

Antes, porém, de passar ao Rio de Janeiro, você deve contar algo que se passou ainda em Londres e ficou para sempre gravado em sua cabeça. Foi uma festa de aniversário de um colega, para a qual vocês foram convidados. Seu pai fez questão de deixá-los na porta do apartamento e apresentar-se ao pai do aniversariante. Era uma festa legal, com meninos e meninas, enquanto o colégio era só para meninos. Brincavam de várias coisas, dedicavam-se a jogos e corriam uns atrás dos outros, igual pegador aqui no Rio, e também de esconde-esconde. Comiam doces e sanduíches e tomavam vários tipos de sucos, e você e seu irmão já sabiam inglês o suficiente para se comunicarem.

Lá pelas tantas, cantaram o *happy birthday to you* e o aniversariante partiu o bolo. E antes de se dispersarem, a dona da casa bateu palmas fortes e chamou a atenção de todos para o que devia se passar a seguir. Cada menino ou menina faria uma pequena apresentação aos convidados. Você disse à inglesa que não se apresentaria de modo algum, pois ficaria muito envergonhado. "Será muito *rude* da sua parte, se você recusar", a inglesa disse. Prensado deste modo, você concordou e, chegando a sua hora, você foi até a janela da sala, virou-se de costas para ela e de frente para os convidados, batucando com as mãos, no parapeito de madeira, o ritmo de samba, cantou *Palpite infeliz*, de Noel Rosa, que tinha aprendido ouvindo seu pai. Você se saiu muito bem e o sucesso foi estrondoso, embora ninguém entendesse patavina das palavras. A partir daí, você foi a figura principal da festa e não se lembra do showzinho, incluindo poemas ridículos, que os outros e outras apresentaram.

Mas você se lembra bem que, correndo de um lado para outro com os meninos, passou diante de um quarto, com a porta fechada, onde vira esconderem-se meninas. E, de repente, a porta se abriu e uma garota de uns onze anos o puxou lá para dentro. Mas você, encabulado, resistiu e libertou a sua mão e a menina tornou a fechar a porta, quando você já estava arrependido. Logo depois chegou o seu pai para buscá-los e não adiantou vocês implorarem para ficar. Como você odeia essa decisão de seu pai até hoje. E também até hoje a cena e a garota, linda e loura, estão em sua cabeça e você dá a essa cena um desfecho diferente. Puxado pela garota para o quarto feminino, ela se esconde com você atrás de uma cortina e, segurando sua mão esquerda, faz a sua mão direita encostar na sua quase ausência de seios, enquanto um dos braços dela afaga as suas coxas, fazendo o seu pau ficar duro. E foi assim, em Londres, que despertou a sua sexualidade, auxiliada por sua imaginação. E foi lá também o seu primeiro beijo, ali mesmo atrás da cortina. Depois — e assim você termina esse episódio antes de seu pai levá-los —, na hora de se despedirem à porta, Sarah, ela tinha se apresentado, deixou em sua mão fechada um papelzinho dobrado. Antes mesmo de abri-lo, você sabia que ali estava escrito um número de telefone. E você liga para ela e marcam encontro num cinema em que passam desenhos animados e assistem aos filmes de mãos dadas. E depois passeiam de braços dados pelo Hyde Park, trocam beijos e o namoro continua, escondido de toda a sua família, e talvez da dela. Pelo menos era o que você pensava. Pois seu irmão os descobriu e contou o romance à sua mãe, como se não tivesse nada de mais. E não tinha mesmo, mas não para a sua mãe, que não teve dificuldade de encontrar o endereço da garota, que seu pai conhecia, pois era a filha da família do aniversário, e foi lá e contou à mãe da menina o que estava ocorrendo e que aquilo era um absurdo escandaloso. Beata como minha mãe era — e por motivos que vocês só saberão depois —, deve ter usado bons argumentos, pois a mãe de Sarah passou a vigiá-la e vocês nunca mais se encontraram. Depressão e ódio, foi o que você sentiu. Ódio de seus pais e de seu irmão. Enfim, um misto de realidade e fantasia, uma espécie de Romeu e Julieta às avessas, porém você acalentou a história como se fosse verdadeira, mas acabou por se distrair com outras coisas, pois a família se mudou para um hotel em South Kensington, um bairro de classe média, e já começavam a preparar-se para a longa viagem de volta ao Brasil, porque ainda passariam por outras cidades e países.

Da época do hotel, você se lembra de alguns pequenos fatos e que a maior parte dos hóspedes era de senhoras de alguma idade. Dividindo um quarto com seu irmão, vocês faziam as bagunças naturais da idade. O prédio era velho e o chão dos quartos, atapetado. E um dia bateu à porta do quarto uma senhora que veio lhes oferecer dinheiro para vocês pararem de pular no tapete. Você não se lembra da quantia oferecida, mas se lembra bem que uma espécie de orgulho nacional os fez recusar a oferta e ainda prometerem à senhora que iam procurar não fazer barulho, o que, evidentemente, não pôde ser cumprido.

Havia uma sala de TV no andar térreo e, não havendo nada melhor a fazer, vocês assistiam a alguns programas que não lhes interessavam muito, como uma série sobre uma família tipicamente inglesa, em que se evitava mencionar a guerra, tão recente, e o ponto era exatamente esse. Os hóspedes pareciam apreciá-la bastante, a série, mas um dia seu irmão, mascando um pedaço de papel de jornal, atirou-o com pontaria certeira e despistadamente na tela da televisão. E uma senhora logo deu notícia: *"There's a little spot on the screen"*, pensando tratar-se de um defeito. O seu irmão, todo lampeiro, levantou-se e retirou a bolinha de papel que ele mesmo havia lançado. Duas ou três senhoras o elogiaram, achando-o *very smart* ou algo do gênero. Mais ou menos meia hora depois, a bolinha tornou a aparecer na tela, e esta foi a sua vez de consertar o defeito, recebendo vários elogios. Mas por aquele dia bastava e vocês foram rir lá fora. No dia seguinte, foi de novo a vez de seu irmão, que mascou o papel até torná-lo uma bolinha, que foi lançada na TV. Só que um senhor de idade mediana o flagrou no ato, levantou-se, pegou seu irmão pelo braço e, no meio de impropérios, obrigou-o a tirar a bolinha de papel da tela e mostrá-la a todos. Não havia outro remédio senão saírem da sala e se refugiarem no quarto. O problema é que tiveram de passar uns dias sem ver televisão, o que tornava a vida no hotel insuportável. E você se lembra de que, nesses dias, jogavam algum jogo no quarto ou numa mesa da sala de estar. Ou então você, já revelando uma faceta da sua melancolia, ia passar sozinho na rua, no início da noite, e se amarrava de verdade quando

O *fog* era pesado. Você está escrevendo isso neste momento e dá-se conta de que amava e ainda ama a Londres daquele tempo, envolta em neblina.

Voltaram, porém, a ver televisão numa noite gloriosa, quando a inesquecível seleção húngara da época bateu os ingleses por 6 a 3, no estádio de Wembley, a Inglaterra perdendo pela primeira vez desde a construção do estádio. O jogo havia sido à tarde, mas passou o filme da partida à noite, e vocês viram as jogadas antológicas de Puskás, Kocsis, Bozik, Czibor. E, no dia seguinte, puderam gozar seus colegas de colégio. Depois, na revanche para os ingleses em Budapeste, quando vocês já haviam partido da Inglaterra, os húngaros ganharam de 7 a 1. Era, de fato, um modo diferente de jogar futebol.

Seu pai, que era um homem bacana com os filhos e paciente com a mulher, já os levara aos estádios para ver jogar o Chelsea, Arsenal, Wolverhampton, Bolton, Blackpool. E era legal também que ele se divertia nesses programas. Enquanto sua mãe tinha depressões súbitas e parava de conversar com todos.

Já se aproximava o momento de voltar para o Brasil, logo quando vocês já tinham se tornado amigos dos garotos ingleses no colégio. Até que, finalmente, chegou o último dia da escola e vocês se despediram da sua classe e, acompanhados do pai, foram despedir-se de Mr. Patton, o *headmaster*, que foi bastante afável, não parecendo naquele momento o homem severo que castigava alunos com a palmatória. Que vocês sofreram uma vez, por terem avacalhado um jogo chatíssimo de críquete, de segunda divisão, jogando pedrinhas no campo.

Vocês já tinham visitado a França, Holanda, Bélgica, Escócia, o País de Gales e várias cidades inglesas, inclusive a Stratford de Shakespeare, que você agora vê, pelas fotografias, como era linda. E no caminho de volta vocês passaram pela Alemanha, Áustria, Itália, Mônaco, Espanha, sul da França e Portugal. De Nice a Barcelona, foram num avião quadrimotor, e você ficou impressionadíssimo com a quantidade de soldados ingleses bêbados, no aeroporto de Nice, como se não tivessem nada a perder, de partida para alguma guerra colonial na África. Seu pai era um homem aventureiro e resolvera voltar num pequeno navio argentino, para noventa passageiros, chamado *Eva Perón*. Como a embarcação ficara retida num estaleiro inglês, para reparos, se atrasara por sete dias, finalmente chegando a Lisboa, com muito menos passageiros que o previsto e partindo horas depois. De Lisboa ao Rio levaram dez dias ininterruptos. E a menina inglesa, Sarah, continuava, a princípio, uma pequena fantasia ao seu lado, mas num navio havia coisas demais com que se distrair e a passagem de águas europeias para águas africanas, provocando ondas enormes, derrubando todos os copos e pratos numa mesa, dispersava você de tudo o mais. E, aos poucos, o mar foi se acalmando, a temperatura subindo, após se cruzar o norte da África. Aos poucos, vocês iam travando conhecimento com todos os passageiros, ficaram amigos de um faz-tudo a bordo, que lhes ensinou como não queimar demais o corpo, tomando um sol causticante no convés. E, à beira da pequena piscina, o grande sucesso era uma francesa com um biquíni mínimo, que não o deixava indiferente. Um argentino gordo ganhou o apelido de Farouk e você prestou atenção, à mesa, enquanto ele falava com sua mãe, dizendo, sobre as mulheres, que já estava tudo visto, com o que ela concordou com entusiasmo. Mas se foi divertido viajar de navio, ainda mais um navio pequeno, você já não tem entusiasmo de contar a viagem, em mais detalhes, para ninguém.

    A grande excitação foi avistar as luzes da ilha de Fernando de Noronha, durante a noite, e havia, em vocês todos, uma ânsia de chegar. Uma radiola, na sala principal, permitia que você sintonizasse no rádio, cheio de interferências, o programa *No Mundo da Bola*, da Rádio Nacional.

E você ficou sabendo que o Brasil liderava sua chave sul-americana para a Copa do Mundo de 1954, em julho, na Suíça. E você já se tornava outra vez um garoto brasileiro, torcedor, e chegou ao Rio a tempo de ver o Brasil ganhar de 4 a 1 do Paraguai, no Maracanã, classificando-se para o Mundial.

A chegada à costa do Rio foi uma decepção, por causa da bruma que não deixava ninguém enxergar nada da baía de Guanabara, e o navio apitava sonora e gravemente, advertindo as outras embarcações da sua presença.

Finalmente o cais e, lá embaixo, se viam seus tios e sua avó toda encurvada e foi uma grande emoção vê-los e depois todos se abraçaram. Sem a brisa do navio, desceram num Rio de calor insuportável de fevereiro e, a caminho de casa, atravessaram um bloco de Carnaval, lembrando-os de que, afinal, estavam em seu país.

Até aqui, a história que não é bem uma história se deu em Londres. Mas a verdadeira anti-história se passa no Rio de Janeiro, você estava ao lado do motorista no lotação e se sentia dominando com ele a cidade, passando pela praça da Bandeira, onde muita gente descia e entravam outras pessoas — em lotações era proibido viajar de pé —, e você ali no seu lugar conquistado, por isso subira a pé a São Francisco Xavier, afastando-se do estádio.

Era um domingo e seu irmão não quisera ir ao jogo com você, preferira ir ao hipódromo, estava ficando precocemente viciado em corridas de cavalos. Você também, mas menos. O irmão já saíra do colégio interno em que você ainda estudava, fora expulso por fugir à noite, descobrira um macete que era passar por um portão dos fundos, cujo cadeado quebrara. Havia uma cota de alunos, da Turma dos Maiores, que sobrara para dormir num pequeno dormitório, no andar térreo, e dali era mais fácil escapar, porque o irmão marista que tomava conta era meio caduco, só fazia a ronda das camas umas duas vezes por noite. Seu irmão e mais um outro que fugia com ele faziam trouxas com suas roupas e as colocavam sob as cobertas — o travesseiro não, porque daria demais na vista —, de modo a fingir que havia alguém dormindo na cama e, depois, era só o irmão marista retornar para seu pequeno quarto que os dois alunos escapuliam.

Mas um dia o irmão vigia descobriu as camas vazias, chamou o irmão regente, esperaram os fugitivos e a expulsão dos alunos foi uma sucessão de rápidos acontecimentos, os pais foram chamados e, como era fim do segundo semestre, foi permitido aos garotos fazerem as provas finais, nas quais seu irmão levou bomba, para ganhar a liberdade, sendo matriculado no Colégio Andrews, naquela época na praia de Botafogo, com aulas do secundário só pela manhã.

Mas o que seu irmão estivera fazendo na rua nas noites em que escapava? A princípio, apenas um cineminha ou jogo de futebol, porém, logo depois, seguindo um primo esperto do outro menino, descobriram o teatro de revista, e lá iam eles, sentando-se nas primeiras fileiras de poltronas e vendo de pertinho vedetes e coristas muito gostosas, com maiôs curtíssimos — nudez naquela época seria inadmissível —, cantando, dançando e participando de esquetes escritos por Walter Pinto, o rei da noite, com piadas até políticas. Não existia mais o DIP (Departamento de Imprensa e Propaganda) da ditadura de Getúlio. Era o governo eleito posteriormente, do mesmo Getúlio Vargas, e diziam que o presidente dava gostosas risadas com as piadas que ficava sabendo a seu respeito, pois o pessoal do teatro não era trouxa e conhecia os seus limites.

Porém, o que deixou você verdadeiramente pasmo e invejoso foi saber que o seu irmão estava juntando o dinheiro das mesadas para comer uma corista secundária, que depois foi camarada com ele e fez um preço especial para o michê. O irmão contou-lhe as minúcias da trepada e você ficou louco de desejo, batendo punhetas sem fim, disfarçando sob as cobertas do dormitório dos médios no colégio. E você acabou pedindo dinheiro a seu tio materno, que estava dormindo no quarto de vocês, depois de uma separação da mulher, e seu irmão o levou — sozinho você não teria coragem — ao rendez-vous da rua do Riachuelo, 388, e comeu sua primeira mulher. Foi decepcionante, porque, de tão excitado, você cometeu a besteira de bater uma bronha no banho de banheira, antes de sair, e chegou ao rendez-vous já saciado, então foi só meia foda, com uma mulher que, nua, perdia seus encantos e você, em cima dela, não sabia direito o que fazer e ela apressando-o para terminar logo.

Mas o que valeu mesmo foi você poder contar, sem mentir, que já não era mais virgem. Não era um daqueles meninos de que o irmão Fulgêncio, regente da sua turma no colégio e muito boa-praça, dizia distinguir a pureza nos olhos. Até porque, da segunda vez que você foi ao 388, a mulher escolhida veio por cima de você, como você pediu, você gozou direitinho e bem gostoso. Só que agora, tempos depois, você desconfia que o irmão Fulgêncio gostava dos garotos, amava, embora não lhes tocasse a mão, mas, nos retiros espirituais, chamava uns três ou quatro para o quarto dele e lhes ministrava, de leve, os rudimentos de uma educação sexual, embora valorizando a castidade. E o irmão Fulgêncio fixava os olhos em você, como se tentasse descobrir um segredo, segredo que de fato existia.

Quem dava também muita trela para vocês, garotos — e vocês ficavam encantados —, era um jogador titular do Fluminense, cujo nome você prefere preservar. Mas, um dia, o tio amado por vocês, irmão da sua mãe, achou por bem lhes avisar que ouvira dizer que o tal jogador gostava de garotos, e então vocês ficaram ressabiados e preferiam as conversas, junto com o tio, com o imenso craque Didi, com sua elegância e sua paixão eterna pela morena Guiomar, com seus cabelos pintados de louro. Esse tio que era um segundo pai para você, um pai mais livre, e quando o irmão lhe contou que você havia de fato trepado pela segunda vez, aliás novamente com o dinheiro dele, ele comentou: "Pois fez ele muito bem". Grande tio.

Mas não é bem essa história que você está contando. Aliás, como disse antes, você pretende que esta não seja bem uma história, mas um flanar escrito, um pouco anterior à primeira foda. Você está ali sentado, à direita do motorista de lotação, um sujeito que, naquele tempo, lhe parecia um aventureiro intrépido comandando a sua máquina. E, sozinho aqui em seu apartamento, você se dá conta de que já tinha esse lado solitário — embora nem sempre — que o levava, às vezes, a pegar o bonde circular e fazer o círculo inteiro Botafogo-Copacabana-Botafogo, do mesmo modo que em Londres pegava o metrô da Circle Line, de South Kensington a South Kensington, fazendo uma viagem como se tivesse um objetivo.

Então agora está ali, depois de descer parte da avenida Presidente Vargas, para depois o lotação virar à direita e chegar à praça Tiradentes, misteriosa com seus teatros e cabarés e, a seguir, pegar a Lapa, o bairro mais escuro e dos pecados, mas preenchendo você da sensação da cidade grande, fazendo-o sentir-se intensamente vivo, até chegar à Glória, o *quartier porno-chic* e, virando o seu rosto à esquerda, via que o relógio da Mesbla marcava dezenove horas e trinta minutos e, à sua direita, você via as mulheres fazendo ponto. As mulheres, que o tio já lhe explicara, eram profissionais, as putas, e elas lhe pareciam até chiques nas suas roupas muito ousadas, você nem se dava conta, naquela época, de que muitas delas eram travestis, você simplesmente estava por fora, nem sabia o que era um travesti, embora no colégio interno houvesse um garoto bonitinho e afeminado, que os outros garotos chamavam de francesinha e alguns deles já haviam comido *a francesinha*.

O lotação já rodara mais um pouco e você prestava atenção nos pedestres e automóveis, sentia-se no turbilhão da cidade grande e nem poderia imaginar quanto ela se tornaria gigantesca, já no tempo desta escrita, imensa, insuportável e violenta. Naquela época ainda não havia o aterro do Flamengo e dava para avistar dali o mar, não fosse já de noite. De dia, porém, depois da amurada via-se direto a areia. A do Flamengo e a de Botafogo não eram das melhores praias, mas nem de longe eram poluídas como agora. E mesmo à noite você podia ver os caras pescando de linha ou molinete e era bacana quando você via o prateado de um peixe brilhando na escuridão. Ou as luzes de um avião bimotor — na época eles lhe pareciam enormes — quando decolava ou se aproximava para o pouso no aeroporto Santos Dumont.

Mas nada, nada mesmo, se comparava aos dias de ressaca, quando você vinha no sentido da cidade e uma onda maior ultrapassava a amurada e encharcava o lotação, você era menino e pouco se importava de ficar molhado, numa segunda-feira, de volta ao colégio interno, ou se eram férias, indo ao cinema no centro, ou ao dentista, e via os caras de terno ou as madames bem-vestidas — naquela época não existia aqui uma indústria automobilística e não era muita gente que tinha um carro ou andava de táxi — e você gozava silenciosamente a destruição daquele mundo organizado.

Porém, agora, você descia a pista da direita e o mar estava calmo e, à esquerda, nos rochedos do Morro da Viúva, havia os pescadores de sempre, que ali eram em maior número, porque era um lugar bom para pescar corvinas e cocorocas, o pai já os trouxera algumas vezes; os pescadores com suas capas, porque começava a chover fininho. E também, desde o fim da Oswaldo Cruz, havia o descortino do morro da Urca e do Pão de Açúcar, este encoberto pelas nuvens, e era grande a emoção de ver o teleférico iluminado saindo de dentro de uma nuvem.

Esta era a sua cidade e a sensação de ser moderno vinha, principalmente, dos anúncios luminosos próximo ao morro, que faziam você fixar-lhes a atenção; um deles, sobretudo, era engenhoso de verdade, o da água mineral Salutaris, com suas luzes multicores parecendo móveis, porque sincronizadas, mostrando uma garrafa e logo a seguir um copo e a garrafa emborcava sobre o copo, vertendo nele um monte de pingos d'água luminosos, até que o copo era preenchido e surgia a palavra Salutaris. As luzes todas se apagavam por um momento e depois tudo recomeçava, multicolorido, o que fazia os outros anúncios parecerem simplórios, isso até instalarem o jornal luminoso, com as letras coloridas formando as palavras e frases que desfilavam diante do espectador, inclusive trazendo os resultados do futebol do Rio e lá poderia estar, para o seu orgulho: Fluminense 2 × Flamengo 1.

Do lado direito da rua havia o moderníssimo edifício da Sears Roebuck, e vocês gostavam de vir ali, por causa do sistema de ar-condicionado e as escadas rolantes, uma novidade na época. Do lado de fora, ao ar livre, havia as rampas na ascendente para os carros chegarem até a garagem e, a esta altura, vocês já tinham ganhado as bicicletas de três marchas, que o pai embarcara desde Londres, cruzando o Atlântico de navio. Então vocês subiam penosamente as rampas e depois desciam desembestados, e os pais nem sonhavam que vocês faziam traquinagens com as bicicletas; aliás, os pais nem sonhavam com as travessuras que vocês faziam pela Europa e aqui no Rio, ou talvez sim, se não por que os deixariam no colégio interno?

Pouco depois da Sears, o lotação virava à direita na rua São Clemente e ali já era mais escuro e havia menos atrações. As ruas menos largas de Botafogo, com mais casas do que prédios. E, com a chuva que caía fina, tudo parecia mais envolto em trevas, mas você amava a chuva, sempre amou e ama até hoje, apesar de, no dia seguinte àquele domingo, ter de voltar para o colégio. E, da sua janela no lotação, você espiava dentro das casas, as famílias jantando ou se preparando para o jantar, era como se todas elas tivessem algo de semelhante à sua, vivendo, protegidas, a noite chuvosa do domingo.

Havia também em você um negócio curioso que era a alegria melancólica trazida pela chuva, e você desabotoava os botões de cima da camisa, para deixar que o vento e até uns respingos o atingissem, quem sabe pegaria uma gripe que o deixaria em casa no dia seguinte, você delirante e febril, mas em casa e, de noite, o pai lhe aplicaria uma injeção que lhe deixaria um gosto de eucalipto na boca.

Mas gripe e febre não se tinha quando queria e o jeito era só gostar da chuva e pedir ao motorista que o deixasse na esquina da sua rua. "Moço, me deixa na esquina da Cesário Alvim." Era proibido parar fora do ponto, mas o motorista parava. E ali era o seu território, na esquina o Bar e Café Ouro, um botequim da malandragem, ao lado da Confeitaria Santo Antônio, vocês da família tinham uma relação cordial com todos, até com malandros e os apontadores do jogo do bicho. E quando a família sofreu um acidente na antiga rodovia Rio-São Paulo, seu pai, que ia ao volante, e o motorista do Ministério da Agricultura, em que seu pai trabalhava, ficaram presos nas ferragens, até vir um caminhão que demorou, mas os socorreu, antes vocês na estrada gritando "socorro", "socorro", vocês irmãos e irmã, mais a tia ainda moça, e os cachorros latindo nos sítios e vocês morrendo de medo por tudo. E você tem medo de automóveis na estrada até hoje.

Mas quando seu pai foi deixado em casa, depois de tudo, com o braço fraturado e a artéria costurada, vieram todos os frequentadores do botequim, que já sabiam do acidente, perguntar como o *doutor* passava. Ah, o Rio de Janeiro de antigamente. E, provavelmente com um olho vivo, seu pai não se importava muito que vocês se metessem pelo botequim adentro. E vocês jogavam futebol com os malandros, durante as férias, no Colégio Padre Antônio Vieira, depois de transpor perigosamente o portão alto e cheio de pontas de ferro. O jogo era bruto, mas você jogava, encolhendo o corpo para não levar uma bolada, e sua maior glória foi quando um tal de Wilson lhe disse: "Você é de bola". E para seu irmão, comprido e desajeitado: "Você não".

Ter um irmão era um problema incômodo e, volta e meia, vocês trocavam porradas, mas em Londres foram unha e carne, unidos no exílio, e nesse negócio de corridas de cavalos eram cúmplices. Um dia seu irmão acertou num páreo um azarão, a égua Energia, que pagou duzentos por um. E como seu irmão jogara cinco, saiu com mil cruzeiros. Ele ainda estudava interno e a mãe descobriu o dinheiro e obrigou o mano a dá-lo para as missões dos maristas na África. E isso tornava tudo possível, seu irmão puto da vida dizia: eu acerto num azarão e o dinheiro vai parar na mão dos africanos, isso se os maristas não ficarem com ele.

Numa viagem ao exterior, o seu pai trouxera um radinho de pilha para você, com um fone de ouvido, e você levou o rádio escondido para o colégio. Havia mais uns poucos meninos que também eram turfistas e você, sabendo pelo rádio os resultados, que depois poderiam ser conferidos pelo jornal, começou a bancar apostas dos colegas. Tinha medo de que alguém acertasse uma pule alta, mas logo descobriu que, como em todo jogo, a vantagem era quase sempre da banca. E no salão de estudos, com um monte de mesas e cadeiras, você fingia estudar, com o fone na orelha escondido pelo braço apoiado na mesa. E ouvia na rádio Jornal do Brasil os páreos. Até que o radinho foi descoberto e mandado de volta para casa. Era uma perda considerável, não apenas pelas corridas, mas também pelos jogos noturnos que deixava de ouvir, o círculo iluminado do Maracanã visível da sua cama à janela. E era só esconder o radinho debaixo do travesseiro.

Mas era o início da noite, e de domingo, as cigarras não cantavam, não havia baratas, como costumeiramente, mas dava para ver um ou outro gato escaldado — havia gente que jogava água fervente nos gatos, quando eles trepavam, e agora você voltava à sua casa depois do jogo.

Invariavelmente a mãe fazia sopa de ervilha nos domingos à noite e punha torradinhas dentro da sopa, e incomodava a todos a velha avó sem dentes sorvendo ruidosamente o líquido. Às vezes o pai, meio sem jeito, inventava de fazer uma pizza de sardinha, mas vocês gostavam, menos a avó, que tinha de ficar na sopa mesmo. A avó estava meio decrépita e caduca e, de vez em quando, rolava a escada ou escapava para a rua, durante os dias, e vocês ouviam o barulho de freadas... e era ela. O pai já comprara um apartamento em Copacabana e, ninguém dizia, mas só se aguardava a avó morrer a fim de mudar para o apartamento, impossível para a velha, por causa do elevador.

Ao jantar, o pai contava piadas políticas e às vezes cantava um sambinha: *Quem é você que não sabe o que diz, meu Deus do céu, que palpite infeliz...* Noel ecoando em todas as casas da época. O pai falava também do futebol de antigamente, que, segundo os mais velhos, era muito melhor que o de hoje: *Domingos da Guia, Leônidas, Lelé, Isaías, Carrero, Batatais* e vários outros.

Dividir o quarto com o irmão era muito chato, mas havia o rádio de cabeceira desse irmão e não era ruim deitar cedo, afinal tinham se acostumado a dormir às nove horas no colégio interno. E não se disputavam as emissoras, pois os dois queriam ouvir a rádio Nacional. *O Edifício Balança Mas Não Cai, Tancredo e Trancado, O Rádio Teatro e os Musicais, Nada Além de Dois Minutos...* E, na rádio Mayrink Veiga, o genial PRK 30, feito na íntegra por Lauro Borges e Castro Barbosa, que criavam vários personagens. E até a mãe pudica, passando por ali, na época da Copa do Mundo de 1950, teve de rir quando o ponta-esquerda da seleção francesa foi dado como *Pescoço*.

E nunca mais você esquecerá do pequeno rádio-teatro, teatralizando a morte de Noel, aos vinte e seis anos, na casa da mãe, na Vila, enquanto uma festa se realizava na casa em frente. E a mãe gritando: "Meu filho está morrendo, meu filho está morrendo". E você ficou impressionado para sempre. Mas a vida seguia e agora ficava tarde e vocês iam se desligando da realidade e entrando no mundo indecifrável, a não ser pelos sonhos, e agora você escreve aos setenta e três anos de idade sobre um passado remoto. Mas havia um passado mais remoto do que este e, uma noite, quando você tinha trinta e cinco anos, o irmão lhe confidenciou que soubera por um tio que a mãe quando solteira fora apaixonada por um sujeito chamado Hélio e ficou grávida dele, que a abandonou e ela ficou quase louca. E teve o filho em Minas Gerais, às escondidas, e o filho lhe foi retirado e entregue às freiras para criar, a mãe inconformada e levando uma vida livre e amargurada. Até que o bebezinho morreu e a mãe ficou assim para sempre, uma mulher com surtos e rejeitando para a filha qualquer ato que se aproximasse de uma sexualidade e rezando mais de um terço a cada noite, buscando o perdão de Deus por seu pecado nefando. E você só veio a saber disso muito mais tarde e nunca condenou a sua mãe, a não ser por sua severidade extrema, da qual vocês, os filhos homens, conseguiam escapulir de um monte de formas.

Mas era domingo à noite e você apagava mansamente e você tinha quase treze anos e, quando ainda criancinha, a mãe não deixava vocês dormirem antes de tomar um copo de leite, escovarem os dentes e rezarem com ela a Ave-Maria, o Pai-Nosso e o Creio em Deus Padre, e lhe parecia seguro que você iria para o céu e seria muito feliz. Mas e antes disso? Antes disso você não conservava uma memória e era como se fosse ninguém. Era um momento zero em sua vida, como se nem mesmo o mundo existisse.

Flores brancas

Pode-se apaixonar por uma mulher pelo seu nome? Pelo menos eu posso, ou podia, porque o nome dela era Lucrécia. Eu dava aulas de Técnicas de Linguagens, na Escola de Comunicação da Universidade Católica de Minas Gerais. Era um professor ainda jovem e meio displicente com a burocracia e só fazia chamada de vez em quando, para saber quem existia, evitando que acontecesse o que ocorreu com um colega meu, que não só deu frequência a um morto, como o aprovou com média sete. Era a primeira chamada que eu fazia no semestre e quando me deparei com o nome Lucrécia, ao mesmo tempo que o pronunciava, fixei meu olhar na jovem que assim se chamava. Ela também me olhou bem nos olhos, mas não sorriu ou teve outra reação qualquer. Era uma morena de cabelos negros e compridos, puxados para trás e amarrados num coque. Não usava nenhuma pintura e era atraente e bonita por si mesma. Enquanto eu prosseguia com a chamada, o nome Lucrécia permanecia comigo.

Eu trabalhava, basicamente, com textos da imprensa, aproveitando para comentar as técnicas de escrita, como narrativa, diálogos, composição de linguagens, em suma. Carregava uma pasta grossa, no interior da qual havia vários recortes de jornais e revistas. Às vezes preparava a aula em casa, mas também podia decidir em cima da hora o que fazer em classe. E foi por causa de Lucrécia, para impressioná-la, que escolhi uma notícia de que gostava muito e costumava agradar aos alunos.

Um homem de vinte e oito anos, Valdir, subira um morro para tentar restabelecer o namoro com uma mulher de vinte que o abandonara por outro. Chegando em casa desta, na favela, fora recebido pela mãe da jovem que procurou acalmá-lo com um cafezinho e dizendo que a Romilda, nome da filha, estava prestes a ficar noiva e era melhor ele desistir de qualquer pretensão. "Quero ouvir isso da boca de Romilda", Valdir disse. Então a moça veio à sala, era um barracão de dois cômodos, e tentou dizer, gentilmente, a Valdir que ele compreendesse que ela estava gostando de outro. "Mas e nós?", Valdir disse. "Nós podemos ficar amigos", Romilda falou, "se o Otávio não se importar." Valdir então segurou o braço de Romilda e disse que se ela não fosse dele, não seria de mais ninguém. E imediatamente tirou do bolso uma faca e cravou-a no peito de Romilda. "Olha, mãe, ele me matou", Romilda disse, com a voz trêmula, e caiu morta no chão do barraco. A mãe da moça começou a gritar e Valdir escapuliu, mas no momento mesmo em que passava pela porta encheu a boca de um veneno para matar ratos, que também já trazia no bolso. E foi descendo, cambaleante, o morro, gritando: "Matei o meu amor, matei o meu amor!".

O melhor seria não falar nada depois do fato em si, mas a aula ficaria curta demais, então eu vinha, sempre, com um papo furado de que o amor que o homem matava era o amor que doía dentro dele. E não havia quem discordasse.

Lucrécia tinha um velho Volks branco, e eu reparava que

ela costumava dar carona para colegas depois da aula, que era noturna. Eu me habituara a pegar um táxi para casa, mas, naquela noite, não sei por quê, estava sobrando um lugar no carro. Talvez por causa daquela aula, que sempre causava efeito em qualquer turma para a qual eu a ministrasse, ela parou o Volks ao meu lado e perguntou se eu queria uma carona. Eu disse que se ela me deixasse no centro estava ótimo. Mas o fato é que ela me deixou por último e, quando ficamos a sós, eu disse que adorava o seu nome de patrícia romana. "É a primeira Lucrécia que eu conheço." "Pois é", ela disse. "Onde é que você mora?" "No Santo Antônio", eu disse, e ela me levou até a porta do meu edifício e nos beijamos no rosto na hora de nos despedirmos.

A partir daí me tornei um habitué das caronas de Lucrécia para seus colegas. O campus era afastado da cidade e às vezes parávamos em algum bar, ficávamos jogando conversa fora sobre todos os assuntos possíveis, inclusive a Escola de Comunicação. Uma noite Lucrécia contou que assistira a um show de Raul Seixas e adorara. Tomei coragem e disse que gostaria muito de ter ido com ela. "Eu também", ela disse. "Quem sabe a gente vai a um cinema ou outro show?", ela falou.

Percebi, claramente, que estava gostando dela e pensei em como seria bom se a gente pudesse sair juntos. O problema é que eu era casado e tinha um filho e uma filha. Belo Horizonte contava com uns dois milhões de habitantes naquela época e não seria difícil que algum conhecido nos visse. Eu teria de tomar diversas precauções. Já me verem com uma porção de alunos seria bastante natural. O assunto acabou sendo resolvido por Lucrécia mesma. Tornara-se um hábito ela me deixar por último e, uma noite, ela me perguntou se eu queria dar uma volta. Eu disse que gostaria muito e fomos parar lá no alto da avenida Afonso Pena, de onde se avistava toda a cidade. E como se fosse a coisa mais natural do mundo — e era —, nos abraçamos e nos beijamos na boca. Eu tinha trinta e dois anos e ela vinte e seis, decidira tarde a entrar para a universidade. Tateando, com medo de ser repelido, enfiei a mão direita dentro da sua blusa, acariciei seus seios sob o sutiã e sua mão pegou no meu pau por cima da calça. Já íamos escorregando para deitar sobre o banco do carro, mas ela falou: "É melhor irmos embora, porque é tarde e aqui é perigoso". E fomos, mas na vez seguinte já estávamos num motel e a trepada foi tão boa que logo houve uma outra e mais uma outra e, durante os próximos meses, fui bígamo, sempre em segredo. E, intensamente erotizado, as trepadas em casa ficaram melhores.

Mas quando eu iniciara o meu caso com Lucrécia, pensava em sair umas quatro ou cinco vezes com ela e depois parar, pois gostava da minha mulher. Já estava havia doze anos com ela, tínhamos o filho e a filha e nos dávamos bem. Mas o fato é que estava gostando tanto das trepadas com Lucrécia, e dela toda, incluindo o seu nome e o seu cheiro, que não conseguia desligar-me dela.

Então fui me acostumando aos poucos com uma vida com duas mulheres e não é que não tivesse sentimento de culpa. Tinha e muito, mas não conseguia abrir mão da família nem de Lucrécia. Por ter relações nos jornais, eu ocupava, no meu emprego no Tribunal Regional do Trabalho, o cargo de assessor de imprensa, sem precisar assinar ponto, enquanto na universidade ganhava uma mixaria, só que gostava de dar aulas lá. No Tribunal, eu dizia a uma senhora que estava encostada na minha assessoria que ia aos jornais entregar matérias, para me encontrar com Lucrécia num lugar previamente marcado.

Quanto a Lucrécia, inventava serviços de rua no clube onde trabalhava como relações-públicas. E ela me pegava com o Volks branco e íamos para um motel em plena tarde de um dia útil. E havia uma rotina de pedir pelo interfone do quarto duas doses de uísque com gelo e sanduíches, que consumíamos nus, no meio de um monte de brincadeiras de amantes, e, quando voltava para casa, dizia à minha mulher que eu estivera no Saloon, bar onde costumava me encontrar com meus amigos músicos.

De tanto levar uma vida dupla em horários irregulares, fui baixando a guarda e, certa noite, estava a uma mesa de bar com Lucrécia — o bar do Tadeu, também frequentado por amigos — quando entrou no recinto, em companhia de um amigo, a minha mulher, que foi sentar-se a uma mesa com amigos comuns meus e dela, enquanto Lucrécia, mais do que depressa, escapava para a rua.

"O bar inteiro ficou constrangido", me disse depois um amigo.

Naquela noite, depois de voltar para casa com minha mulher, também inteiramente constrangido, tive de dar a ela todas as explicações, resumindo o caso com Lucrécia desde o princípio. E sem ser uma enorme surpresa para mim, minha mulher me contou, por sua vez, que estava namorando um ex-oficial da Aeronáutica, cassado pela ditadura, também amigo meu, homem bonito, muito requisitado pelas mulheres.

Senti um misto de alívio e ciúme e cheguei a pensar que poderíamos ser amigos nós quatro e até sairmos juntos. Seria uma verdadeira revolução de costumes. Nessa época eu não tinha telefone — uma linha custava caro — e saí para a rua de manhã, a fim de telefonar para Lucrécia, de um orelhão na Savassi. Com grande decepção, ouvi, de uma tia dela, que Lucrécia não estava. E ao virar-me para a rua, quem eu vejo, quase colada às minhas costas, senão a própria Lucrécia?

Aquilo me pareceu um acontecimento verdadeiramente mágico e, enquanto caminhávamos para o Volks, eu já ia comentando com Lucrécia a combinação da véspera com minha mulher. Ela mostrou-se bastante cética quanto às coisas se resolverem assim tão facilmente, mas não se negou a que procurássemos um lugar para morarmos. E, a partir do dia seguinte, com páginas de classificados de jornais nas mãos, íamos ver locais para aluguéis que nos pareciam mais bem localizados e com preço acessível, pois ela ganhava mal e o meu dinheiro se tornaria mais escasso com a separação.

Fomos a várias ruas de Belo Horizonte e as casas mais baratas eram ao sopé de favelas, e em outras o aluguel era caro ou tinham outros tipos de defeitos, como o mau cheiro de esgotos a céu aberto etc. Mas não podíamos desanimar e procuramos até em Sabará, cidade a quarenta minutos do centro de Belo Horizonte, mas as casas estavam todas ocupadas por operários e funcionários de uma mineração.

Como estava jogando aberto com minha mulher, não havia por que me esconder e, de noite, quando não dormíamos em motéis, Lucrécia e eu, o que custava bastante caro, voltava para casa, onde estava dormindo no sofá da sala. Foi quando descobri uma outra faceta bastante nefasta de Lucrécia. Marcávamos uma hora para ela me pegar na porta do meu edifício e bastava eu me atrasar de quinze minutos a meia hora para ser recebido com reprimendas, com uma voz desagradabilíssima. Ela, que aguentara o tempo todo de bigamia, de repente se comportava com um sentimento de posse inaceitável e sem sentido. Dava a entender que eu estava trepando com minha mulher, principalmente quando soube que o caso dela com o ex-oficial não dera em nada. Foi quando nossa relação esteve realmente a perigo, pois eu não abriria mão de visitar meus filhos quando quisesse, estando lá minha mulher ou não, pois conservava a chave do apartamento; e eu também percebia todas as qualidades de minha mulher e ainda sentia tesão por ela. E não sei o que teria acontecido se não houvesse dado minha palavra a Lucrécia de que o casamento estava terminado em todos os seus aspectos.

O que salvou minha relação com Lucrécia foi que o tesão

de um por outro e uma verdadeira paixão não diminuíam. E também que ela era bonita e, quando de bom humor, uma pessoa adorável e charmosa. Foi quando, por meio de um pequeno recorte de jornal, descobrimos uma casa para alugar em Venda Nova, quase um outro município nos limites da cidade. Desnecessário contar os tempos felizes e apaixonados que vivemos na casa modesta em Venda Nova.

Aqui, já se inicia pela crise. O fato é que naquele ano de paixão um grande erro vinha sendo cometido, que era o de vivermos isolados e, quando nos aproximávamos dos amigos e amigas, ou mesmo desconhecidos, do sexo oposto, qualquer atenção dada a esse(a) terceiro(a) era motivo de fortes brigas e discussões. Foi quando aprendemos que uma paixão pode se transformar em animosidade ou até ódio. Ciúme era o termo exato, uma vontade de possuir o(a) outro(a), desejo do impossível que só levava ao seu contrário.

Quando se toma um distanciamento, principalmente se já passado um bom tempo — e já se passaram quarenta anos —, terá de se reconhecer que não há casal em que um dos dois, ou os dois, não terá desejado, ainda que secretamente, outra pessoa.

Lucrécia, foi ficando claro para mim, tanto amava como odiava radicalmente e não suportava a mulher que havia sido casada comigo, o que aliás era recíproco. "Mas eu te escolhi", eu dizia inutilmente. E continuava a conviver com minha mulher, visitando-a frequentemente, por causa dos filhos. Lucrécia, muitas vezes, ia buscar-me à porta do edifício em que minha família morava e continuava a se enfurecer quando eu me atrasava. Depois a coisa se complicou ainda mais, porque minha mulher se mudou com as crianças para uma cidade no litoral de São Paulo. E eu tinha de viajar oitocentos e cinquenta quilômetros, de ônibus, tanto na ida como na volta, com uma baldeação em São Paulo, para vê-los. E constatava que minha mulher se adaptava cada vez mais à nova vida e desfrutava de uma grande liberdade, vivendo quase como hippie, o que eu pensava, a princípio, seria minha vida com Lucrécia. Mas, aos poucos, fui percebendo que também me sentia mais livre em minhas idas a Maresias, onde convivia com minha mulher e seu divertido círculo de amizades, além dos meus filhos e eventualmente com um namorado dela, minha mulher. No fundo, eu construíra minha própria prisão e desejava mesmo outras relações, sem nada dizer a Lucrécia, é claro, mas ela me vigiava o tempo todo e às vezes me pegava olhando para as pernas, ou por cima do decote, de outra mulher. Ninguém deseja uma só pessoa, a não ser por um curto espaço de tempo, esta é a verdade, e a fidelidade é uma abdicação, ou falta de oportunidade. E eu desconfiava que também Lucrécia desejava outros homens, ou sentia saudades de alguns que tivera no passado. Às vezes falava de um deles, e eu ficava muito enciumado e a submetia a verdadeiros interrogatórios, ela sempre negando que ainda gostasse de alguém além de mim. Eu tentava pegá-la, perguntando-lhe sobre o homem que tirara a sua virgindade, e ela dizia que fora num rompante e como rebelião contra o moralismo de sua família. E eu não entendia como seus pais a tinham batizado de Lucrécia, nome romano tão evocativo de uma época de libertinagem, ou será que eles não sabiam? Sobre o seu primeiro homem, dizia que nem gostava do cara e depois sentira ódio dele. Então era a minha vez de enfurecer-me, porque entendia que Lucrécia fizera um programa sem maiores compromissos. E cheguei ao absurdo de criticá-la por entregar-se a mim com uma certa facilidade. Estas brigas acabavam por terminar na cama e nos amávamos apaixonadamente, sim, mas as cenas de ciúme continuadas provocavam um desgaste progressivo em nossa convivência.

Quando nos demos conta, os melhores dias haviam passado, depois de um ano e pouco morando naquela casa, numa rua de terra, de que gostávamos tanto, embora, talvez por inércia, continuássemos a praticar os mesmos rituais. Trepávamos quase todos os dias (antes era todos os dias), ouvíamos boa música, à porta de casa, num radinho de pilha, olhando as estrelas e vaga-lumes, cuidávamos das plantas etc. E vale a pena recontar que sobre a prateleira de cima da estante baixa, cujas tábuas e tijolos pintáramos de azul, ainda reinava a estátua do demo estilizada, comprada por Lucrécia. Ela trouxera uma câmera e todo o nosso acervo, construído com muito carinho, incluindo um televisor sem som, presenteado por uma amiga dela, era fotografado, pois não nos bastava viver, queríamos também reter. Éramos um tanto blasés com nossa vida e nosso espaço, pois jamais pensamos em consertar a tevê.

Lucrécia enxergava muito mal, porque tinha atrofia nos dois nervos ópticos, deficiência para a qual não adiantava usar óculos. Tirara e renovava sua carteira de motorista por arranjos de um parente seu, numa delegacia no interior do estado. A princípio, eu não sabia nem dirigir, sendo obrigado, para evitar acidentes graves, a matricular-me numa autoescola, e acabei tirando carteira de habilitação, o que me deu um grande sentimento de liberdade.

Uma noite em que estávamos tensos, depois de uma discussão, perguntei a Lucrécia se podia pegar o carro para dar uma volta.

"Faz o que você quiser", ela disse, secamente, contrariada, talvez porque eu não a convidara.

Peguei a chave do carro e disse:
"Volto logo."

Eu tinha bebido e precisei prestar bastante atenção ao descer a ladeira de terra, até atingir a rua asfaltada que ia dar no centro de

Venda Nova. Depois passei em frente ao aeroporto da Pampulha e peguei a avenida Antônio Carlos, em direção ao centro de Belo Horizonte. A avenida tinha um trânsito mais pesado, mesmo às dez e meia da noite, mas nada de engarrafamentos a essa hora.

Estacionei o carro em frente ao edifício Arcângelo Maleta, entrei em sua galeria e depois no Bar e Restaurante Lucas, frequentado pela boemia intelectual e artística da cidade. Foi como se eu voltasse atrás no tempo e cumprimentei amigos e amigas, conhecidos e conhecidas, de um lado e do outro do salão vertical do estabelecimento. E acabei por ir sentar-me a uma mesa em que já se acomodavam conhecidos, meio amigos, meus: Ricardo e Luísa de um lado e Evelina do outro, em que havia uma cadeira vaga. "Ué, voltou?", Evelina disse. E imediatamente me lembrei de certa ocasião, havia dois anos, em que estivera sentado com ela naquele mesmo bar, depois saíra sem pagar a conta, dizendo que voltaria logo. E fui buscar minha mulher à porta de um cinema, conforme havíamos combinado. E minha mulher, que não gostava do Lucas, achou melhor irmos jantar noutro lugar. E eu voltava agora, mais de um ano e meio depois.

Sentei-me ao seu lado e disse: "Vim pagar a conta". Evelina riu e começou a contar o caso para Ricardo e Luísa, que também riram. Percebi que estava um pouco mais bêbado do que pensara e vi aflorar minha veia histriônica, que andava um pouco adormecida. Pensei que eu e Lucrécia, ultimamente, estávamos levando uma vida séria demais e cantei, imitando a voz e o gestual do cantor Nelson Gonçalves, o início de um dos seus maiores sucessos: *Boemia, aqui me tens de regresso/ e suplicante te peço/ a minha nova inscrição.*

Não pensei que estava cantando muito alto, mas, de outras mesas, no meio do burburinho de vozes, ouvi risadas. Com uma vergonha súbita, escondi a cabeça, entre o pescoço e o ombro de Evelina. Nós tínhamos sido amigos bem próximos de bar e só não havíamos transado por uma dessas coisas que acontecem, pois era bastante natural que amigos fossem para a cama, embora eu ficasse puto quando pensava isso a respeito de Lucrécia. Quase sem pensar, deixei que minha mão esquerda pousasse sobre as coxas quase nuas de Evelina, encobertas pela toalha de mesa. Evelina não protestou e, como se fosse o gesto mais natural a fazer, deixei que a mão subisse até a xoxota dela, por cima da calcinha, que logo ficou úmida.

"Meu amor, aqui não", ela disse. "Vamos para outro lugar."

Eu havia pedido ao garçom, logo que cheguei, que me servisse uma dose de Johnny Walker, pedido a que ele atendia nesse momento. Assim que o garçom terminou, bebi o uísque de um só gole e servi-me de uma outra dose, pois ele deixara a garrafa sobre a mesa.

Perguntei a Evelina o que ela consumira. Tinham sido dois chopes (agora tomava um terceiro) e um sanduíche americano. Deixa comigo, falei e, segurando o copo, fui até o balcão da caixa e preenchi um cheque que cobria as duas despesas, mais os dez por cento. Quando voltava para a mesa, encontrei Evelina no meio do caminho, voltando do banheiro. Sem me sentar, tomei o último gole no copo e puxei Evelina pela mão. Nos despedimos de Ricardo e Luísa e esta última disse: "Pô, mas vocês são rápidos, hein?", e fomos saindo, acenando para amigos e amigas, conhecidos e conhecidas. Entre a minha entrada e saída não haviam transcorrido mais do que uns quarenta e cinco minutos.

Dentro do carro, nos abraçamos e nos beijamos e depois rimos sonoramente, daquilo que não deixara de ser uma representação. Tão logo dei partida no carro, segurei o volante só com a mão esquerda e, com a direita, estapeei o vento.

"Que isso, ficou maluco?", Evelina disse.

"Você não conhece aquele bater de palmas zen?"
"Ah, sei", ela falou.
Mas o sentimento que eu tinha era de que não podia parar com a representação, senão cairia num buraco profundo. O que estou fazendo aqui?, pensei. Porém, se despachasse Evelina ali mesmo, ou a levasse de volta ao Maleta, seria uma grave ofensa, senão um deboche. Liguei então o rádio do carro, com receio de que um silêncio envergonhado recaísse sobre nós, mas não foi o que aconteceu, porque naquele momento tocava o piano de Thelonious Monk, para mim inconfundível. Não consegui deixar de pensar em minha mulher e também em Lucrécia, por causa do radinho de pilha que ouvíamos na porta de casa. E percebi que dirigia ao acaso pela cidade, sem decidir-me a ir para um motel. E disse:
"Sabia que assisti a Thelonious Monk, no Village Vanguard, em Nova York, em 1971?"
"É ele quem está tocando?"
"Sim, é ele ao piano, com um trio."
"Você estava com alguém?"
"Sim, com minha primeira mulher. Foi uma noite inesquecível para nós dois."
"Você ainda gosta dela?"
"Gosto, mas como amiga, acho."
"Todo mundo diz que você está novamente casado e apaixonado. Por isso estranhei quando te vi no Lucas."
"Estamos em crise."
"Por isso você está me levando para trepar?"
"Ora, que pergunta. Para falar a verdade, não sei."
"Olha, você não precisa", a voz de Evelina saiu com raiva. Enquanto isso, eu continuava a rodar com o carro.
"Você é uma mulher bacana, Evelina. Mas talvez eu não deva, justamente por causa da crise."

"Vê se me deixa em casa, então. Se eu voltar ao Maleta, agora, vão me achar uma rejeitada. Ou então que você brochou. Me deixa em casa, vá."
Ela me deu o seu endereço e parei na porta do edifício, na Serra. Na hora de nos despedirmos, ela me ofereceu o rosto, para um beijo. Mas, num rompante, beijei-a na boca. Acabou sendo um beijo demorado, com as línguas se tocando. Pela primeira vez, de verdade, senti a mulher que era Evelina e compreendi que, pelo menos no momento, estava amando-a. Que o amor podia ser uma coisa bastante casual e passageira.
"Quem sabe a gente agora?", eu disse.
Evelina já estava com a mão no trinco da porta:
"Olha, Célio, eu vou ficar em casa. E moro com minha mãe. Se você quiser subir para um drinque e escutar baixinho uma música, tudo bem. Sem acordar minha mãe, viu? Você é um cara complicado, meu Deus."

Saí da casa de Evelina duas horas e meia depois. Tomara apenas água mineral, para não ficar embriagado demais. Estivéramos ouvindo John Coltrane e Tom Jobim e ambos cochilamos, recostados um contra o outro, no sofá. Quando despertei, não havia mais som algum. Toquei no ombro de Evelina e pedi que ela me levasse lá embaixo. "Não precisa, querido, por dentro a porta abre sem chave."
Fiquei um pouco magoado, mas merecia. Ela me levou até a porta do apartamento e despedimo-nos com um beijo preguiçoso nos lábios, e ainda tentei amenizar as eventuais frustrações:
"Foi bom a gente se ver."
"Também gostei", ela falou, sem nenhuma convicção na voz.

Eu refazia o percurso pela avenida Antônio Carlos e pisava fundo no acelerador. Queria chegar logo em casa e de preferência encontrar Lucrécia dormindo, esgueirar-me para a cama e dormir, terminar logo aquela noite, embora não tivesse nenhuma perspectiva para o dia seguinte. Meus dias com Lucrécia, agora, quando não estávamos cada um em seu trabalho, transcorriam mornos e às vezes com um certo tédio ou mesmo tensão entre nós, que não escondia uma agressividade contida. Às vezes, sem mais nem menos, as coisas melhoravam e parecia que íamos nos adaptar a uma nova fase.

Girei a chave na fechadura o mais silenciosamente que pude, mas o cheiro de cigarro sendo fumado e uma brasa denunciaram, imediatamente, a presença de Lucrécia ali na sala. Logo os meus olhos se acostumaram à escuridão e vi Lucrécia sentada sobre uma almofada, de calcinha e camiseta, fumando e com um copo na mão. O sentimento de culpa me fez falar uma meia verdade:

"Dei um pulo no Maleta, para espairecer."

Ela não respondeu. Acendi a luz e vi a devastação. O assoalho estava cheio de pedaços de papel rasgado, que eram inconfundíveis. Eram recortes de fotografias — as cópias e negativos — que havíamos tirado com a câmara de Lucrécia. Aquelas fotos rastreavam o nosso percurso ali em Venda Nova, desde os primeiros tempos de paixão até o momento em que nos desinteressamos por retratos, que eram guardados numa caixa de madeira, fora dois que haviam sido emoldurados e colocados na tábua central da estante. Também estes foram retirados e rasgados, enquanto as molduras, retorcidas, deixaram pedaços de vidro e ferro no chão. Lucrécia cortara uma a uma as fotos, mas bastava eu ver um pequeno recorte de cada uma para identificar o que retratara. Como éramos apenas nós dois vivendo ali, só de vez em quando houvera uma terceira pessoa que nos retratara juntos. Em geral, apenas um dos dois aparecia na fotografia:

Lucrécia, de biquíni, toda molhada, depois de receber o jato d'água da mangueira empunhada por mim. Ela estava na área cimentada onde se guardava o carro e, atrás dela, viam-se o quintal com as plantas e também, desfocado, o quintal e a casa dos vizinhos de cima. Atrás de tudo, o céu muito azul.

Sim, era um fim de semana de verão e eu largaria a mangueira e abraçaria Lucrécia, sob as vistas da família vizinha e de quem passasse na rua em frente à casa, e a iria puxando para dentro e começaria a despi-la já na soleira da porta.

Eu trepado numa escada, encostada no mamoeiro, espichando-me todo, com o risco de cair, para pegar um mamão lá no alto.

Ela de short, agachada junto às roseiras em flor. Um dia espetara o dedo indicador num espinho e chupou o seu sangue. Depois pegou o meu dedo e fez as mesmas coisas.

Lá no alto da rua, onde as casas já são casebres, a fotografia de Lucrécia contemplando a cidade lá embaixo e ao longe. Ela está de calça jeans, tênis e uma blusa leve, que deixa parte de sua barriga de fora.

Eu sentado num pequeno barranco, ao pé de uma escada de degraus de cimento, que vai dar numa casinha muito modesta lá no alto da rua, com um portão feito de tiras de madeira e há uma cerca de arame. No topo de tudo, um coqueiro. Meus cabelos estão enormes e uso uma camiseta branca, calça jeans grená fosco e um tamanco. Meu olhar contempla simultaneamente a rua de terra e, dentro de mim mesmo, meu contentamento por estarmos os dois ali perdidos no mundo, nossa felicidade parada no tempo.

Se me mandassem escolher uma foto que mostrasse como era viver ali, talvez escolhesse esta. Por isso emoldurei-a, mas nem assim escapou à sanha de Lucrécia.

Lucrécia, de capa amarela, segurando um guarda-chuva colorido, quadriculado, à beira do curso d'água no início da rua, que, com a chuva forte e persistente, captada na fotografia, tornara-se um riacho com uma correnteza sonora que poderia arrastar uma pessoa desavisada.

Lá no alto da rua, a saída para o outro lado se transformara num lamaçal quase intransponível, de modo que os moradores estavam ilhados. E um desses moradores aproveitara para ganhar algum dinheiro, cobrando para atravessar o riacho, enfrentando a correnteza, carregando pessoas nas costas. E eu fotografara isso, mas a coisa não estava para brincadeiras, porque, depois de uns cinco dias de chuva, paredes de casas trincavam e uma delas desabou e vieram os bombeiros e retiraram gente soterrada viva, com o saldo de dois moradores mortos. E Lucrécia e eu fechados em casa, com medo de que ela também desabasse, mas com um certo orgulho de enfrentarmos aquilo e de comer todas as provisões, inclusive frutas e legumes colhidos no quintal.

Lucrécia fotografada em frente à estante, mais uma vez de jeans e camiseta e calçada com sandálias.

Num joguinho que nos parecera divertido, a foto foi introduzida numa moldura de mesa e colocada sobre a tábua superior da estante, que era assim duplicada com a estátua do demo e um enorme besouro morto e seco e outros insetos estranhos, também secos. Dizia Lucrécia que eram oferendas para o diabo.

A fotografia que dona Myrtes, a vizinha do 420, batera de nós dois, junto a uma bananeira, eu com o braço em torno dos ombros de Lucrécia.

Seu Barbosa, o marido de dona Myrtes, nos advertira de que as caranguejeiras e cobras costumavam abrigar-se aos pés das bananeiras. Talvez por isso a minha expressão preocupada.

E várias outras fotografias ali rasgadas.
"Por que você fez isso?", eu disse, aproximando-me de Lucrécia, que acendera um cigarro no outro e tragara fundo, com raiva.
"Você não me engana", ela disse, com ódio na voz e soprando fumaça.
"Enganar o quê?", também minha voz estava cheia de rancor.
"Esse cheiro nojento de perfume e esse vestígio ridículo de batom em seus lábios. Parece uma bichona."
Fiquei desconcertado, mas o fato de não ter trepado com Evelina me fazia sentir-me injustiçado. E comecei a balbuciar:
"Apenas abracei uma amiga... e beijei ela... no rosto. Isso não justifica você ter picado as fotografias." Foi quando eu vi, com o canto do olho, o radinho de pilha, atirado debaixo do aparelho de tevê, inútil, que havia muito fora esquecido no canto da sala. Ela sabia quanto eu gostava daquele rádio.

Foi quando um ódio intenso me assomou à cabeça e eu tive vontade de bater em Lucrécia. Levantei o braço e aproximei-me dela. Ela encolheu-se toda e parei a tempo. Dei as costas para ela, atravessei a sala e a cozinha em direção ao quintal, passando pelo caramanchão, onde dependuráramos samambaias, e cheguei lá fora. Estava vivendo um momento crítico e o barulho dos grilos na escuridão, a luz dos vaga-lumes e o céu estrelado como que emprestavam solenidade a esse momento, e aprendi de uma só vez tudo aquilo que plantáramos e víramos crescer naquele ano e pouco que passáramos juntos. E foi como se aqueles meses todos desfilassem a minha frente em um segundo. E refleti se ainda era possível voltar para a sala e abraçar Lucrécia, retomarmos o nosso amor desde o início. Mas tínhamos ido longe demais. E aquelas fotos rasgadas junto com os seus negativos eram como uma prova de que tudo fora destruído. Fotografias eram uma forma de tornar presente o passado. E o radinho de pilha? Com seus mecanismos à mostra, não devia nem ter conserto. E ainda que comprássemos outro e voltássemos a ouvir música em frente à casa, não passaria de um gesto postiço, um remendo. Novamente fui acometido por um ódio próximo da loucura.

Havia uma ameixeira cuja muda Lucrécia plantara no quintal logo que fomos morar naquela casa. Naquele ano e pouco transcorrido, a ameixeira se transformara num arbusto sólido e Lucrécia sempre dizia que era sua planta favorita. Avancei três passos e segurei a árvore ali onde o tronco se bifurcava em dois. E exercendo uma força que eu não pensava precisasse ser tanta, com os pés fincados na terra e os braços trêmulos, fui arrancando, aos poucos, a ameixeira do solo. Quase caí para trás quando o arbusto saiu com suas raízes cobertas por um torrão. Eu mal podia crer que conseguira aquilo. Cheguei a sentir remorso pela árvore e me vi tentado a recolocá-la no buraco aberto. Mas ainda que ela tornasse a pegar estaria rota, pelo menos a princípio. Já as fotos, para não dizer as vivências, eram irrecuperáveis.

Segurando o arbusto com as duas mãos, voltei para dentro da casa. Lucrécia, ainda fumando na almofada e com o copo na mão, olhou-me com olhos espantados. Com o coração batendo, peguei o arbusto com o torrão e atirei-o em cima dela, que nem teve tempo de esquivar-se. O copo caiu e quebrou-se, espalhando cheiro de vodca e cacos de vidro, que se misturaram àqueles das molduras arrebentadas. Foi quando Lucrécia cometeu o ato supremo de loucura. Com o isqueiro, tocou fogo na vodca no chão. Uma labareda cresceu, mas não demorou a apagar-se, enquanto Lucrécia se levantava rapidamente, para não se queimar. Com os fragmentos do torrão, os cacos de vidro, o cheiro do álcool queimado numa parte do assoalho, a devastação era ainda maior na sala. Mais do que isso só poderia haver porrada. E quando Lucrécia sacudia a terra em seu corpo, fuzilando-me com os olhos, achei que ela ia mesmo avançar para cima de mim e socar-me. Depois do fogo, eu não tinha dúvidas de que ela era capaz de tudo. E eu também, depois de ter atirado uma árvore nela, mas isso me acalmara um pouco. Mas, em vez de bater-me, Lucrécia pegou a estátua do demo sobre a estante e fez menção de atirá-la em cima de mim. Eu sabia que a estátua era de pedra e pesada e cruzei as mãos diante do rosto. Eu não era religioso, mas o fato de ser o demônio assustava-me ainda mais.

Mas, na última hora, quando a estátua parecia prestes a sair da mão direita de Lucrécia, ela abaixou o braço, caminhou até a porta da sala, abriu-a e saiu para o espaço cimentado onde guardava o carro. Fiquei curioso e preocupado e também fui até a porta, para ver o que Lucrécia ia fazer. E, vestida daquele jeito mesmo, apenas com a calcinha e a camiseta, aproximou-se do portão da casa, flexionou o braço para trás e depois atirou a estatueta na mata em frente.

Senti até um arrepio e entendi que Lucrécia praticara uma espécie de exorcismo, como se tudo de ruim que acontecera entre nós fosse obra do capeta. Confirmei também que Lucrécia era uma espécie de louca e abri espaço para ela, que voltava para dentro de casa. "Não se aproxime de mim", ela disse, com uma voz estranhamente calma, fria. "Vou tomar um banho e voltar para a casa dos meus pais. Depois passo aqui para pegar as minhas coisas."

Lucrécia foi embora com um dos seus melhores vestidos. Um dos vestidos que usava quando havia festas no Serra Verde, o clube onde era assessora de relações públicas. Chegando novamente até a porta, vi o carro saindo em marcha a ré. Depois, fiquei ouvindo o ronco do motor daquele Volks, tão familiar para mim, a princípio ainda forte e logo mais fracamente, cada vez mais fracamente, até silenciar de todo.

Só aos poucos fui caindo em mim, profundamente envergonhado de tudo o que acontecera entre mim e Lucrécia. E sabia que era o fim irremediável. Queria ir ao banheiro e depois dormir e dormir. Mas, caminhando, vi que pisava em cacos de vidro. Mesmo estando de sapatos era uma sensação muito ruim. Acendi todas as luzes, fui ao banheiro mijar e depois até a cozinha, peguei uma vassoura e achei bom ter uma tarefa a fazer, para esvaziar o cérebro: varrer os cacos de vidro, torrões de terra, uma moldura retorcida, pedaços de fotografias e negativos, pois não conseguia reuni-los todos. Joguei tudo num saco de plástico na lata de lixo e a garrafa de vodca pus em cima da mesa. O radinho de pilha danificado, deixei onde estava, sob o arremedo de televisão. Por fim, fui novamente ao banheiro, aprontando-me para dormir. Tomei uma chuveirada, suado como estava. Enrolado numa toalha, calçando sandálias de dedo e carregando minhas roupas, fui para o quarto, vesti uma bermuda, uma camiseta sem mangas e atirei-me na cama, que ainda cheirava a Lucrécia.

Queria dormir logo, mas o pensamento sobre todas as coisas que sucederam naquela noite agora não me largava. O tempo foi passando e não demorou muito para que alguns galos começassem a cantar na vizinhança. Era aterrador, lembrando-me do inexorável do tempo e dos acontecimentos, principalmente quando percebi um princípio de claridade e o cantar de uma primeira cigarra. Acabei dormindo.

Despertei mais ou menos às dez e meia da manhã e, numa fração de segundo, os acontecimentos de algumas horas antes voltaram à minha cabeça. Pensei em ir até a esquina, já no asfalto, e telefonar num orelhão para o trabalho, dizendo que estava passando mal e ia faltar. Poderia então arrumar a casa e desfazer os últimos vestígios da batalha da véspera, incluindo o arbusto, já mais murcho sobre a almofada. Mas talvez o que mais me doía era o radinho de pilha, evocando tantas noites felizes. E decidi-me por ir trabalhar, pois seria depressivo ficar ali naquele cenário de eventos nefastos. Eu não chegara a bater em Lucrécia, mas atirar-lhe uma árvore não era algo ainda mais violento, embora ela tivesse feito por merecer? E o silêncio na casa era mais aterrador do que o canto dos primeiros galos e cigarras.

Fiz minha higiene, tomei banho novamente, vesti roupa limpa — dona Myrtes, do 420, sempre lavava e passava nossas roupas, mediante um pagamento —, peguei o saco de lixo e o meu chaveiro e saí para a rua. Lá embaixo, já no asfalto, havia um depósito de lixo, no qual se jogavam os sacos de detritos. Um caminhão da limpeza urbana passava ali, dia sim, dia não, para recolher todo o lixo da rua e adjacências. Descendo a rua, lancei um olhar crítico para a vizinhança e senti-me completamente estranho a ela e perdido naquela lonjura, o que só fizera sentido nos bons tempos com Lucrécia.

Nos horários de pico, pela manhã, para a cidade, os ônibus, que vinham desde o fim do subúrbio, passavam superlotados, as pessoas praticamente brigavam à porta dos veículos. Nas poucas vezes que fizemos o trajeto, quando o Volks estava na oficina, fomos e voltamos de táxi. Era bem caro, mas uma vez ou outra dava para segurar. No terminal de volta, no centro, era ainda pior e, nos dias mais críticos, havia até gente que entrava pelas janelas. Agora era uma época dessas e os mais agressivos atiravam pedras nos ônibus, eu lera nos jornais. E a polícia andava intervindo.

Mas, àquela hora, onze e quinze da manhã, poderia sentar-me tranquilamente e fiz sinal para um ônibus que despontava na rua. Dentro do coletivo, reparei que meus vizinhos de percurso eram pessoas de remediadas para baixo, pois quem tinha carro ia de carro. E havia um cheiro de suor, parecia que nem todo mundo tomava banho para ir trabalhar. E eu que, nos bons tempos com Lucrécia, achava até romântico viver no meio do povo, principalmente na nossa rua, a Domingos Grosso, que não era muito habitada. Chegara a pensar em viver ali por muito tempo, senão para sempre, num estilo meio hippie. A princípio, até que foi assim, depois a ilusão foi se desfazendo. Se tivéssemos sido mais humildes, poderíamos ter continuado em outras circunstâncias, meio na base da amizade, como nos casamentos. Mas nunca aceitáramos menos que a paixão, e tudo foi sendo corroído pelo ciúme e o isolamento.

Embora eu convivesse com a ex-mulher de forma bastante razoável e sentisse agora mais do que nunca saudades dos filhos, voltar para a família também não dava, porque a mulher se mudara com as crianças para Maresias, no litoral de São Paulo, bem longe dali. E quando eu ia lá, constatava que a mulher já dera a volta por cima da separação, e ela, sim, vivia numa invejável liberdade. Ficava claro para mim que na vida não havia retornos.

Eu tinha de procurar outro lugar para viver, mas continuava na casa enquanto isso e estava meio perdido naquela procura. Meu trabalho era tedioso, eu ajeitava as sentenças de um juiz do trabalho e as datilografava, mas tinha a vantagem de fazer-me parar de pensar. Umas três noites depois da grande briga, finalmente varri todos os pedaços das fotos e negativos picados, um ou outro caquinho de vidro e torrões de terra, para jogá-los também no lixo. De vez em quando, tomando umas goladas de vodca no gargalo, sentia-me bem fazendo um trabalho braçal e, ao olhar para o rádio e a televisão, disse para mim mesmo, alto: "Isso é uma instalação aleatória" e dei uma risada e me pensei com um tipo de síndrome das pessoas solitárias: falar sozinho. Mas não posso enlouquecer, também pensei, é preciso apagar todos os rastros do passado. Na verdade, eu já estava meio embriagado.

Parti, então, para a faxina mais radical: peguei o arbusto da ameixeira, o radinho de pilha e cheguei até a borda da mata, imersa na escuridão cheia de grilos e vaga-lumes. Primeiro atirei o arbusto e, depois, peguei o rádio e fiz o gesto de arremesso, copiando Lucrécia. E, apesar de ser este um objeto estranho à vegetação, atirei-o o mais longe possível.

Aconteceu, então, ou pareceu acontecer, algo extraordinário: durante uns dois segundos, o radinho emitiu o som dissonante e abafado de uma composição, creio que dodecafônica, provavelmente de Schoenberg, tocada por um pequeno grupo, acompanhado de uma voz feminina. Ou as pilhas do rádio se acomodaram, pensei, ou estive delirando, porque imediatamente sobreveio o silêncio. Mas me lembrei, assustado, que num livro de Thomas Mann, *Dr. Fausto*, a dodecafonia era a música do diabo. Voltei assustado para dentro de casa, embriaguei-me para valer, deitei-me na cama e apaguei. No dia seguinte, simplesmente pensei que eu só podia ter imaginado aquele som de um radinho quebrado.

Eu comprava diariamente os jornais e examinava as páginas de classificados. Visitei três apartamentos, cujos aluguéis me pareceram baratos, mas achei-os pequenos, escuros e deprimentes. Às vezes voltava de táxi para casa, mas a tarifa acabava sendo altíssima, com o preço ainda inflado pelas retenções nos engarrafamentos na avenida Antônio Carlos. Então o jeito era esperar no mínimo até as vinte horas e trinta minutos, ou mais um pouco, quando se tornava possível entrar num ônibus para Venda Nova, mesmo que para viajar de pé. Terminado o horário de trabalho, às dezoito horas, eu andava um pouco pelo centro, fazia uma refeição o mais vagarosamente possível e às vezes entrava num cinema e era como se reabrissem para mim as imagens mágicas de uma civilização de que me privara no subúrbio.

Numa das noites em que cheguei em casa, logo percebi que Lucrécia havia passado por lá e retirado as coisas que considerava suas. Devia ter usado um caminhão de transportadora, porque haviam ido embora o armário maior, deixando grande parte das minhas roupas amassadas dentro de uma cômoda; outras sobre o colchão, pois a cama também tinha ido; a velha geladeira e o velho fogão, presentes de suas amigas; alguns dos seus livros, pratos e talheres. Et cetera. Não considerei que ela quisesse me deixar na pior, mas devia ter se ajeitado em outro lugar, talvez até com alguém. E sabia que eu não continuaria por muito tempo ali. E de fato aquilo me deu uma sensação de urgência, além de estar cansado de morar longe e sozinho. E pegar à noite aquele ônibus lata-velha era estafante e desanimador.

Por aqueles dias, certamente devido a problemas de manutenção, os ônibus estavam demorando mais a passar e os usuários, inquietos, no terminal da cidade, batiam na lataria dos veículos, brigavam à porta dos coletivos, às vezes atiravam pedras, aproveitando uma obra de rua ali perto. Alguns entravam pelas janelas, prejudicando sensivelmente as mulheres e os que eram mais velhos. O tumulto só melhorava às vinte e uma horas e, volta e meia, a polícia tinha de intervir.

Até que aconteceu a noite do grande conflito. Por um noticiário mais completo, depois de passado tudo, pôde-se deduzir a seguinte cadeia de acontecimentos. Dois ônibus da linha haviam enguiçado e o terminal do centro estava muito mais cheio do que o habitual. Por precaução, a partir das dezessete horas havia uma rádio-patrulha rondando as imediações do ponto de embarque. Mas não houve jeito, quando um ônibus da linha se aproximou, às vinte horas, já o receberam a pedradas, espatifando seu vidro dianteiro e deixando a testa do motorista ensanguentada. Com medo, ele não teve alternativa senão passar do ponto e prosseguir, ferido como estava. E parou a três quarteirões de distância, onde desceu e sentou-se todo sujo de sangue, no meio-fio, esperando uma ambulância que não vinha e ninguém sabe se veio. O mais provável, pôde-se inferir, é que o motorista, ajudado pelo cobrador, tenha ido para o pronto-socorro a pé. Mas, àquela altura, ninguém estava dando bola para um caso isolado. Mais ou menos uma dúzia de candidatos a passageiros, incluindo mulheres, vieram correndo atrás do veículo e abriram a pontapés a porta traseira do ônibus e puderam entrar por ambas as portas, pois a da frente já fora aberta pelo motorista. E sentaram-se todos.

Uma dessas pessoas, dizendo-se motorista profissional, sentou-se ao volante, ligou o motor e fechou as portas, pois já haviam entrado mais umas dez pessoas. Um sujeito, provavelmente comparsa do motorista improvisado, começou a ir até as poltronas e cobrar passagem dos passageiros. Não me lembro mais qual era a moeda do Brasil na época — e não guardei os recortes de jornais —, só sei que o cara, conforme testemunhos, estava cobrando menos do que o preço normal, para ninguém reclamar.

    Já tinha gente batendo na lataria do veículo do lado de fora, ou tentando entrar pelas janelas, quando o motorista improvisado, depois de deixar o motor morrer duas vezes, deu a partida e tomou o rumo de Venda Nova, pelo trajeto que lhe parecia mais racional. Mas não havia como fugir da problemática avenida Antônio Carlos e da Lagoinha, onde se localizava a principal delegacia policial de Belo Horizonte. Vindo de lá, policiais com apitos, avisados pelo rádio do roubo de um ônibus da Viação Venda Nova, faziam o fluxo intenso de veículos se desgarrar para o canto direito da pista e montaram uma barreira humana no centro da avenida, esperando o ônibus, que demorou um pouco, mas finalmente surgiu. Os policiais estavam armados e, não confiando muito que o sujeito do volante parasse, deram vários tiros nos pneus dianteiros do ônibus. Aos solavancos e com o barulho das rodas da frente soltando faíscas no asfalto, o ônibus finalmente parou e os policiais, não sabendo quem era quem, prenderam quinze pessoas, pois houve gente que escapou, entre elas o falso trocador, que fugiu com o dinheiro. As quinze pessoas, sob a mira dos policiais, foram obrigadas a caminhar em fila indiana para o interior da delegacia. Quem reclamava levava uma borrachada nas nádegas com o cassetete, do que não escapou uma mulher de uns quarenta anos.

Repórteres e fotógrafos dos jornais, em geral novatos, que faziam plantão na delegacia da Lagoinha, fotografaram e testemunharam não só a fila e as borrachadas como um cidadão mancando, com sangue na perna, depois de ter sido atingido por um tiro dirigido aos pneus do ônibus. Esse tiro pôde ser comprovado pela entrada do cidadão no hospital, devidamente documentada, mas os filmes das fotos na Lagoinha foram confiscados e destruídos.

Quanto ao destino dos presos, foi serem liberados, porque o delegado de plantão, autorizado pelo próprio secretário de segurança, não queria mais encrenca, depois de ter sido informado da borrachada naquela senhora e do tiro no cidadão. Só o falso motorista ficou preso por mais um tempo, mas nem dormiu na delegacia. A ordem era aliviar, porque o verdadeiramente grave se passava no terminal, onde, perdido aquele ônibus sequestrado, havia o dobro ou quase o triplo de pessoas esperando o próximo. O motorista deste, que não era trouxa, observando o tumulto, parou antes do terminal e, descendo do carro junto com o trocador e uns três passageiros que vinham do subúrbio para a cidade, entraram em um botequim em frente, a pretexto, verdadeiro, de dar uma mijada. Depois, sentaram-se ao balcão e pediram uma cerveja. Como eu sei disso? Sei por que estava tomando, vagarosamente, uma água mineral no mesmo balcão em que eles começaram a beber. Eu aguardava a desobstrução das ruas próximas, para ver se conseguia um táxi, se o motorista se dispusesse a me levar a Venda Nova, aceitando um cheque, já que eu não retirara dinheiro suficiente no banco e gastara quase toda a minha grana indo ao cinema. E, naquela época, não tinha essa de caixa eletrônico. A única alternativa era esperar, desanimadamente, que as coisas se normalizassem com os ônibus, se é que se normalizariam. Pois o comentário do trocador com o motorista (eu conhecia de sobra os uniformes da Viação Venda Nova) foi: "Não conte comigo para a viagem de volta". "E quem disse que eu vou voltar?", disse o motorista, com uma entonação sádica. "Tá certíssimo", acrescentou o trocador. "Amanhã mesmo eu largo esse emprego. Não sou maluco de aguentar isso todo dia e noite."

Naquele momento, uma turba viera até o ônibus parado em frente ao botequim e, depois de chutarem e abrirem as portas fechadas, os mais ágeis ocuparam o coletivo, que continuou parado, porque não havia quem o conduzisse. Dali do botequim começamos a ouvir as explosões de bombas de efeito moral, que pareciam vir do quarteirão inteiro, e, mais do que depressa, deixei o dinheiro da minha água sobre o balcão e saí correndo dali, na direção contrária à do terminal. Com o rabo do olho, vi que os dois rodoviários faziam o mesmo, enquanto o balconista cerrava a porta corrediça do botequim. Vi ainda, com fascínio e repulsa, que uma dessas bombas de gás lacrimogêneo explodira dentro do ônibus, enchendo-o de fumaça, e as pessoas — menos uma delas, soube depois — desciam do coletivo apavoradas e com as mãos nos olhos. Outras, que estavam nas suas imediações, se espalharam como formigas quando se pisa num formigueiro. O policial que jogou a bomba dentro do veículo, nunca se soube quem foi. Pelo menos os jornais não noticiaram. Mas que um cara foi atingido, não restou a menor dúvida, porque, serenado tudo, havia aquele homem com uma ferida de explosão na cabeça e desacordado. Quando houve condições para isso, paramédicos numa ambulância pegaram o homem e o levaram para o pronto-socorro, aonde chegou inconsciente e pode até ter morrido, não temos como saber. Muitas vezes os jornais noticiam um fato grave, mas depois ele desaparece do noticiário, sem deixar vestígios, principalmente se envolve uma pessoa sem importância.

Mas aquele não foi o incidente mais grave da noite. Um fiscal da companhia de ônibus ficava no terminal, também uniformizado, com uma guarita à sua disposição, onde guardava uma planilha de anotações e até recebia dinheiro dos trocadores, por uma portinhola com uma janela gradeada, por questões de segurança. Quando incidentes e quebra-quebras esquentavam, este fiscal se refugiava no interior da guarita, fechando a portinhola e às vezes até a janela gradeada, embora, como ficou demonstrado, isso não tenha sido bem planejado.

Pois, naquela noite fatídica, quando o motorista do próximo ônibus, demonstrando responsabilidade e bravura, parou ali no terminal, acabou provocando um tumulto sem precedentes entre aqueles que queriam embarcar no veículo a todo custo. Muitos de fato embarcaram e ficaram lá dentro, amontoados como sardinhas em lata, e imploraram para que o motorista desse a partida, pois, como já se tornara habitual nos últimos dias, choviam pedradas sobre o ônibus e gente se espremia para entrar pelas janelas, sendo escorraçada pelos que já estavam dentro. Quando o ônibus, por fim, deu a partida, alguém, cheio de revolta e maldade, surgiu com uma lata com gasolina, embebeu por fora a guarita onde o fiscal se trancara com medo de represálias e ateou fogo. O pobre homem lá dentro, à medida que ia assando, soltava gritos pavorosos de socorro e, se alguém quisesse socorrê-lo, e acredito que havia gente de bom coração para isso — eu mesmo, se estivesse próximo o bastante —, não teria como tocar na guarita incandescente, onde o fiscal assou até a morte. Quando os bombeiros chegaram — e houve uma falha de organização quanto a isso, pois alguém poderia ter incendiado um ônibus cheio de passageiros — e esfriaram a guarita, só restava lá dentro uma pasta de carne e sangue encolhida e esturricada.

Aquela tragédia foi como um sinal de que os distúrbios já haviam ido longe demais e a coisa foi se acalmando. A Polícia Militar começou a organizar uma longa fila e, como houve uma prorrogação do horário dos coletivos, até o início da madrugada ainda havia gente embarcando para Venda Nova. À uma e meia da manhã saiu o último ônibus e, entre os seus passageiros, estava eu, que pude até viajar sentado. Como outros passageiros do meu ônibus, meu rosto era de quem chorara — embora pouco, no meu caso, pois dera uma longa contornada para voltar ao local — por causa do gás lacrimogêneo.

Subi minha rua como um zumbi, tomei um banho e atirei-me no colchão que me servia de cama. Na manhã seguinte, senti-me sem condições físicas e psicológicas de ir trabalhar, fui até o telefone público na rua asfaltada lá embaixo e liguei para o Tribunal, dando conta ao secretário da presidência de que estava indisposto e precisava faltar. Preferi não tocar no assunto Venda Nova e a baderna noturna, pois não creio que as altas esferas da repartição fossem achar de bom-tom um assessor de imprensa morando num subúrbio distante e envolvido, de certa forma, num tumulto daqueles. Eu não tinha nem carro.

Eram onze horas e aproveitei para descer a ladeira, comer alguma coisa e comprar jornais. Os jornais de Belo Horizonte costumavam fechar cedo suas edições. A *Folha de Minas*, principal matutino de BH e governista, tanto no plano estadual como no municipal, já enviara uma nova leva de jornais para Venda Nova, onde a edição naturalmente se esgotara, por causa dos acontecimentos da véspera envolvendo a região. Na última página do matutino, espremida entre as matérias esportivas, uma coluna com o seguinte título: DESORDEM NO CENTRO DA CIDADE. Como subtítulo, bastante discreto diante dos tais eventos, se escreveu: "Atrasos nos ônibus de Venda Nova provocam distúrbios no terminal". A seguir, dois parágrafos explicavam, sucintamente, os lances principais dos distúrbios, usando-se duas vezes a expressão quebra-quebra, "diante do que a polícia e até o corpo de bombeiros tiveram de intervir energicamente para acalmar os ânimos, mas que, apesar de tudo, as ocorrências, entre as quais o roubo de um ônibus, deixaram um saldo de um morto e dez feridos, dois com gravidade". O mais revoltante, porém, é que todo um parágrafo, mais longo, era gasto para explicar que os secretários de segurança e de transportes estiveram no local e, dali mesmo, soltaram nota verbal e conjunta, prometendo investir mais nos transportes públicos de Belo Horizonte, concedendo-se empréstimos para esses fins, com juros favorecidos. E os empresários que não melhorassem seus serviços teriam cassadas as suas concessões.

Li isso ali mesmo diante da banca e entrei numa lanchonete e comi um sanduíche americano, acompanhado de dois sucos de laranja. Depois voltei à banca de jornais e vi que havia chegado atrasada ainda a primeira edição do outro principal jornal da cidade, o *Jornal da Manhã*, mais popular e de oposição, tanto no plano estadual como no municipal, por isso vivia em crise, sem anúncios governamentais. O jornaleiro, que me conhecia, disse que ali eu encontraria um noticiário mais completo dos acontecimentos da noite passada.

Deixei para ler o *Jornal da Manhã* em casa, mas levando também a *Folha de Minas*, com três páginas de classificados, pois, depois da noite passada, eu queria mais do que nunca encontrar um novo local para morar. Subindo a rua, a curiosidade me fez olhar a primeira página do JM. A manchete, enorme, era de uma perfeita concisão: DESORDEM. E senti que os meus olhos, uma fração de segundo mais velozes do que o meu pensamento, já haviam se fixado na fotografia e sua legenda um pouco mais abaixo: "Tocha humana", sob a qual havia a imagem do fiscal esturricado em sua cabine retorcida. O texto de primeira página era bastante conciso e logo o li: "O fiscal da linha de Venda Nova teve sua cabine incendiada por vândalos e morreu carbonizado".

Eu tinha acabado de comer e retorcido ficou o meu estômago, expelindo tudo o que havia dentro dele, ali mesmo na rua. Depois, suando frio, caminhei até minha casa, onde li o noticiário do jornal, que serviu para que eu pudesse abranger todos os acontecimentos já narrados e mais alguma coisa. Pois foi no JM que fiquei sabendo que o homem atingido na cabeça pela bomba de gás ficara gravemente ferido, com o risco de morrer; que o jovem incendiado tinha apenas dezenove anos e cumpria estágio probatório na Viação Venda Nova, por um salário mínimo, e ia se casar no próximo mês, pois sua noiva estava grávida; que um outro homem fugira com um ônibus depois de o motorista deste ser ferido com uma pedrada; que os policiais da Lagoinha conseguiram pará-lo com tiros nos pneus dianteiros; que o falso motorista e os passageiros que a polícia conseguiu pegar foram presos e depois soltos; que um destes passageiros levou um tiro na perna. Enfim, tudo.

Havia uma caixinha com chá e alguns pães dormidos na cozinha. Para forrar o estômago, tomei um chá com torradas e senti-me melhor. Mas não queria ainda examinar os classificados da *Folha de Minas*, com medo de ficar tonto. O *Jornal da Manhã* escondi de mim mesmo, pois não pretendia voltar, pelo menos por enquanto, àqueles acontecimentos e, principalmente, àquela foto. E lembrei-me de Lucrécia. O que pensaria ela se desse nos jornais com o noticiário dos distúrbios? Pensaria ela que eu poderia estar entre os capturados pelas desordens? Bem, isso não me importava tanto assim, até porque Lucrécia já poderia ter me esquecido ou pouco se incomodasse. Se por acaso se sentisse culpada, isso me gratificaria. Mas sua imagem levou-me à imagem do demo e à ameixeira e ao radinho. Teria o diabo a ver com todos os acontecimentos, inclusive aqueles tão trágicos envolvendo os ônibus? Não, isso era uma tremenda tolice, mas tive vontade de ir lá na mata munido de uma enxada e estilhaçar a imagem do demo e examinar o radinho, para avaliar a possibilidade de ele ter mesmo tocado, e também ver se valia a pena trazer a ameixeira para o seu lugar no quintal. Então fiz isso: peguei uma enxada e, embora morrendo de medo, não sei se do demo ou de algum perigo mais concreto, como serpentes, atravessei a rua, cheguei à borda da mata e tentei olhar o mais longe possível. Não foi preciso muito, pois a ameixeira estava bem à vista. Perto dela, a estátua do demo, mas quebrada, e isso me dava a noção de coisa fabricada pelo homem e inofensiva. Meu coração bateu, animado, porque não só avistei a ameixeira como vi que suas raízes haviam se fixado à terra e suas folhas começavam a adquirir um novo viço. Que ficasse assim, pois; ficasse como nossa contribuição àquela área verde. Já adentrar a mata, não tive coragem, com medo das cobras. Que o radinho ficasse ali, com o seu mistério, e a estátua do diabo era coisa de Lucrécia, sobre a qual eu não tinha a menor responsabilidade.

Voltei para casa, sentei-me numa almofada e peguei a *Folha de Minas*. Abri a página com os anúncios de imóveis para alugar e demorou um pouco para que eu visse, em letras pequenas, o seguinte classificado: "Barraco — Cidade Jardim".

Chamavam-se barracos, em Belo Horizonte, dependências de fundos de casas, que alguns proprietários botavam para alugar barato. Os jovens e aqueles que levavam uma vida mais ou menos alternativa gostavam de morar nesses barracos. Era até algo romântico, como viver em estúdios. Pelo anúncio, este tinha um quarto, sala, banheiro e cozinha. Decidi não perder tempo. Tomei um banho, vesti-me com uma roupa apresentável e desci novamente a ladeira, para, no asfalto, ligar do telefone público para a agência locadora do imóvel. Depois, tomei o ônibus Venda Nova, num horário em que não estava cheio, fui até a agência, peguei as chaves do imóvel, tirei dinheiro no meu banco (meu pagamento havia saído naquele dia) e fui de táxi até lá olhar. Gostei do ponto nobre em que o barraco ficava e também do tamanho pequeno do imóvel e sua entrada independente, para a qual havia uma chave.

Mas tinha um problema. Aliás, sempre tem um problema. O barraco estava muito malcuidado, com a sua pintura cinza descascando e um cheiro desagradável de mofo e creolina, além de estar todo empoeirado. Havia também uma pequena área externa, que não tive nem tempo de olhar. Porque, naquele momento, saía de um ralo no banheiro — o vaso estava sem tábua — uma reluzente barata. Devia ter um monte de outras nos ralos.

De repente, me deu um desânimo e fraquejei. Eu acabara de sair de uma casa devastada pela minha violência e a de Lucrécia, depois que uma paixão se transformara em ódio. Depois testemunhara a violência coletiva de e contra gente que apenas queria voltar para casa após um dia de trabalho. Eu até procurara me anestesiar, mas agora não me saía da cabeça aquele jovem transformado em tocha humana e carbonizado na primeira página de um jornal popular. Estes pensamentos, porém, tiveram a vantagem de me fazer ver que eu não podia voltar atrás; queria tudo, menos voltar para Venda Nova.

Arranquei de mim as forças mais profundas e ocultas, retornei à agência e aluguei o barraco, por um preço bastante módico. A seguir, fui à agência que nos alugara a casa de Venda Nova e, depois de alguma parlamentação, eles aceitaram que eu entregasse a casa pagando apenas metade da multa contratual. Afinal, como argumentei, eles talvez pudessem alugá-la por um preço melhor e eu prometia entregar a casa vazia, no máximo em cinco dias. Voltei ao barraco e senti que vivia um momento zero e precisava de ajuda. Meu coração batia de medo da própria existência, da solidão, do vazio. Não podia nem mesmo sentar-me à soleira da porta, porque havia uma camada de pó que me sujaria toda a calça. Mas, como disse, chegara a um ponto em que não havia mais retorno possível e só podia ir em frente. Eu precisava, sobretudo, de um amigo. E a ideia desse amigo, ou melhor, amiga, se fez por si mesma. A Sara, uma flautista que era muito legal e tinha uma Kombi em conjunto com os músicos de um quarteto para transportarem seus instrumentos.

Passei numa banca de jornal, comprei cinco fichas telefônicas, porque a conversa poderia prolongar-se e, ao colocar a primeira ficha no aparelho, rezei — rezei de verdade — para encontrar a Sara disponível em casa. Atendeu uma voz masculina, com forte sotaque estrangeiro, que disse, gentilmente, que a Sara estava dando uma aula de flauta e que eu tornasse a ligar em quinze minutos.

Enquanto esperava, fiquei dando voltas no quarteirão, examinando os arredores da minha nova residência, e gostei do que vi. Era a civilização, afinal. Finalmente transcorreram uns vinte minutos, liguei de novo e ouvi a voz de Sara do outro lado da

linha. Gastei três fichas para explicar atabalhoadamente o que estivera e estava se passando comigo. Estava quase chorando. O primeiro encorajamento de Sara veio com a seguinte frase: "Isso vai ser bom para você. Vocês iam acabar se matando, os dois sozinhos naquela casa no fim do mundo."
Depois Sara perguntou onde é que eu estava e eu disse.
"Não saia daí que eu já vou", ela disse.
Passados uns quinze minutos, estacionou à minha porta a velha e valorosa Kombi de Sara. Ela me beijou e abraçou apertadamente. Seu primeiro comentário ao visitar o barraco foi sucinto: "Legal. Muito legal."
"Mas olha o estado em que está."
"Nós vamos dar um jeito nisso, você não pode ficar aqui com tanta poeira. Só preciso de um pouco de tempo. Mas vamos começar agora. Você está com grana?"
"Aqui no bolso não muito, mas estou com o talão de cheques. Por quê?"
"Para o supermercado, Célio, e você não pode passar a noite aqui com tanta poeira. E não tem nem cama. Eu tenho um pequeno aspirador que faz milagres e nós vamos fazer sua mudança com a Kombi. É só tirar os bancos."
"Eu não tenho quase nada."
"Melhor", ela disse e, como se fosse um ato absolutamente indispensável naquela situação — ou em qualquer outra —, tirou uma bagana do bolso, deu dois tapas e passou-a a mim, que também dei dois tapas e tornei a passar para ela. Restou uma ponta, que eu matei e disse: *"C'est fini"*.
Não é fácil descrever uma sensação quando se está chapado, mesmo não muito. Mas Venda Nova e Lucrécia me pareceram algo distante no tempo e era como se estivéssemos agora num pequeno cenário. Pois Sara tirou uma flauta do bolso e tocou alguns fragmentos melódicos com ela. "Achei", ela disse.

"Achou o quê?"
"O trecho que faltava numa música que estou compondo."
"Parabéns, é muito bonita", eu disse. Sara fez uma pequena mesura de agradecimento e perguntei:
"Você acha possível um rádio estropiado tocar um pequeno trecho de uma música dodecafônica no meio da mata?"
"Por que não?", ela falou. "Um dia ouvi uma música de Haydn saindo de um chuveiro elétrico."
"Você estava chapada?"
"Claro, querido. Mas vamos logo ao supermercado."

Compramos várias coisas que nem vale a pena descrever todas, como uma vassoura, DDT líquido, material de limpeza, uma tampa de privada, et cetera, e levamos tudo para o barraco. Na hora de nos despedirmos, Sara disse:
"Agora você vai voltar direitinho para Venda Nova e, no fim de semana (era uma quinta-feira), nós vamos limpar e pintar o barraco. Meu namorado vai ajudar, pode ter certeza."
"Seu namorado?"
"Johan. Um austríaco, tocador de banjo no conjunto. Ele tem quarenta e sete anos. O pessoal chama ele de hippie velho. Um dia a gente toca para você, para inaugurar o barraco. Talvez venha o conjunto todo. Dá para entrar um piano aqui, eu já calculei."
E saímos do barraco, eu e Sara, dei-lhe duas chaves, a da porta da rua e a do próprio barraco, e ela me deixou no terminal do ônibus de Venda Nova (ainda eram cinco horas), arrematando:
"Vai dar tudo certo."

Na sexta-feira, Sara telefonou para mim em minha sala no

Tribunal, cujo número eu lhe dera. "Quero lhe fazer uma surpresa, mas amanhã", ela disse.

Marcamos encontro no barraco, às dez da manhã, e, quando cheguei, eles já me esperavam — hippie velho, como era de se supor, tinha longos cabelos e barbas grisalhos, seu jeans estava respingado de tinta —, e Sara disse para eu não encostar em nada que a pintura estava fresca. Tomei cuidado ao entrar e tive uma das mais belas surpresas da minha vida, que me trouxeram lágrimas aos olhos. Estava tudo pintado de um azul forte na medida certa, menos a cozinha e o banheiro, que foram pintados de grená, também na medida certa. Havia uma cortina no boxe do chuveiro e tampa nova no vaso. "Isso é presente nosso", Johan disse.

Naturalmente fora aceso um baseado e me senti feliz, olhando para eles dois dentro da minha nova casa, e senti-me outra vez como se estivéssemos num palco e nós três fôssemos ao mesmo tempo os atores e espectadores.

"Quem sabe eu escuto uma música no chuveiro elétrico?", eu disse, já chapado. E eles riram muito, e era claro que hippie velho sabia do lance da música no chuveiro. Tanto é que falou: "É perfeitamente possível". Bateu-me uma sensação de realidade amplificada e também irrealidade, pensando em várias coisas associadas, inclusive que o presente era a coisa mais maravilhosa do mundo. Até porque Sara me chamou naquele momento até a janela e me mostrou o pequeno espaço lá fora: "Você tem até um minijardim", disse. "Tem até uma pequena árvore com flores brancas."

Saímos dali e fomos direto à casa de Venda Nova, a Kombi estava sem os bancos e sentamos os três no assento da frente. Eu tinha poucas coisas e coube tudo na Kombi, fácil, fácil. Entre essas coisas havia o colchão, três almofadas e um livro que eu estava lendo: *Um vagabundo toca em surdina*, do norueguês Knut Hamsun. Um sapateiro que era escritor e acabou ganhando o prêmio Nobel de Literatura. Era um homem que descrevia o trabalho de uma forma quase sensual. Naquele livro, o protagonista solitário pintava uma casa para uma mulher casada por quem se apaixonou. Ela nunca percebeu isso e, se percebesse, não o aceitaria. Mas, ao pintar as paredes, a descrição das cores também é marcada pela sensualidade. Finalmente, o serviço acabou; ele passa a fazer um trabalho de vigiar toras de madeira que desciam a correnteza de um rio, para que não se desgarrassem e, quando se aproxima o inverno, sempre rigoroso naquelas terras, ele sobe uma montanha entre árvores, derruba algumas e constrói para si uma cabana e passará dentro dela, sozinho, o longo inverno, para o qual guarda provisões.

Há um trecho do livro que nunca mais esquecerei. O personagem, após concluído o seu serviço, pergunta a si mesmo: "Era aqui que eu queria chegar?". E ele mesmo responde: "Era".

No domingo me mudei para o barraco. Li um pouco de noite e depois adormeci, feliz. Na segunda de manhã — era um feriado — despertei lá pelas oito e meia, preparei-me um café e depois fui sentar-me em duas almofadas, de costas para a janela aberta. Não queria ler, para desfrutar apenas do meu barraco, que parecia uma casa de brinquedo. Lá pelas dez horas, um vento soprou e caíram sobre minha cabeça e meu corpo flores brancas.

Vibrações

— O vento, não encontrando montanhas, chegava intacto àquela região, fazendo a temperatura cair a trinta graus abaixo de zero. Paul era um poeta de sessenta anos e dizia que o Programa Internacional de Escritores, que ele fundara e dirigia, objetivava estabelecer, acima das paixões políticas, uma comunidade internacional da imaginação. Por isso a pequena cidade estava cheia de escritores de muitos países. As pessoas, travando conhecimento, iniciavam diálogos assim: "Eu sou da Indonésia, e você?".

— Um dos rapazes chineses tocando flauta, enquanto o outro executava "a dança da borboleta". O romance da escritora chinesa Hua-ling Nieh apresentava a personagem feminina com duplo nome e personalidade, simbolizando a divisão do país. E as perspectivas eram de que houvesse problema com a censura nas duas Chinas. Hua-ling dizia às pessoas que podia haver guerras e revoluções justas, mas que a realidade maior dessas lutas eram as mulheres e crianças fugindo de um lugar para outro.

— Dong Kyu Hwang estava contando que sua geração de jovens poetas, na Coreia do Sul, para comunicar-se com poetas e o povo do Norte, costumava soltar balões de gás, com poemas dependurados neles. Depois torciam para que o vento carregasse os balões para a Coreia do Norte.

— Kenneth Brown servira como fuzileiro naval na base de Fuji, no Japão. E disse que ouvira contar que, durante a Guerra da Coreia, os caras dos tanques eram os mais loucos. "Eles apostavam dez dólares cada um e escolhiam uma casa vazia das proximidades. O primeiro a alvejá-la com o canhão levava o dinheiro todo."

— Dong Kyu Hwang contava que, em seu tempo de garoto, assistira ao fuzilamento de alguns comunistas. As suas observações sobre a morte eram as seguintes: "A princípio, os prisioneiros imploravam muito pela vida. Eles se debatiam e choravam diante dos executores. Depois, entendendo que não havia escapatória, deixavam-se fuzilar impassíveis".

— As pessoas estavam conversando sobre o massacre de My-Lay, no Vietnã do Sul, e Kenneth Brown explicava que soldados em guerra se comportavam assim mesmo. Na Coreia, por exemplo, ele também ouvira dizer que alguns homens, quando transportados em caminhões, atingiam com a coronha dos fuzis, por mero divertimento, os passantes de beira de estrada. Em My-Lay os soldados americanos haviam dizimado uma aldeia inteira, a pretexto de que seus habitantes tinham colaborado com os vietcongues. E o massacre, a pilha de corpos, fora documentado, saíram fotos nas revistas americanas, provocando grande repercussão.

— Dong Kyu Hwang contava que, estudando em Edimburgo, Escócia, morara na casa de um pastor protestante e sua mulher. Uma noite, ele acordou com o pastor à beira da sua cama, tentando acariciá-lo. Dong Kyu Hwang pediu ao homem, muito delicadamente, que por favor o deixasse em paz. Como o outro insistisse, ameaçou gritar. Então o pastor desistiu. Dong Kyu Hwang explicava que era oriental e meio ingênuo e que na Coreia nunca passara por tal situação.

— Kenneth Brown escreveu *The Brig*, peça que, montada pelo Living Theatre, alcançou repercussão internacional. A peça se passa numa prisão para fuzileiros navais e é uma espécie de ritual sadomasoquista. "É incrível como os homens podem ser assim tão sacanas uns com os outros", dizia Brown.

2

— Poemas sobre flores e borboletas. Poemas a respeito do instinto maternal entre os pinguins. "Louco durante a manhã", poema do japonês Gozo Yoshimasu. Poemas filipinos, indonésios e vietnamitas. Poetas da África Ocidental, apresentados por Joseph Abruquah, de Gana: Gabriel Okara, Kwesi Brew, Christopher Okigbo, Tchicaya U Tam'si, Agostinho Neto, Leopold Senghor. Poemas para ser recitados ao som de tambores guerreiros. O poeta sueco Erik Beckman regendo a The Morocco State Symphonyc Orchestra: "Coexistence-cooperation, BA BA, forget it/ Vi Har, ni kär oförmögna till konstruktiv samaberte, ni ar förbannade kräk. Peitsche! Law and Freedom! Justice and Order! Peace and control! Dromedaries! One two three and a La La, a La La...".

— "Mi muerte agonizante", um poema cartaz do venezuelano Nelson Arrietti. "A greve dos poetas", do romeno Adrian Paunescu, que se dizia discípulo espiritual de Wladimir Maiakovski. Poetas americanos que percorriam as cidades, lendo para auditórios e recebendo cachê. "Louise Gluck lerá seus poemas na próxima segunda-feira, 15 de fevereiro de 1971, às 8.00 pm, no Shambaugh Auditorium. A leitura, patrocinada pelo *writer's workshop*, será aberta ao público e gratuita." Poemas.

— Um vendedor ambulante que bate às portas de um bairro de Jacarta, Indonésia: conto de Sori Siregar. Elliot Anderson, que caçara na África, só escrevia sobre experiências vividas: os homens e mulheres nus à beira da piscina e apesar de tudo entediados. "Dear Mark, dear Clarissa" (conto).

— Romances sendo escritos entre uma e cinco da manhã, ao som dos aparelhos de aquecimento e atrás das portas fechadas do edifício Mayflower. A montanha de água, um romance imenso e praticamente ilegível do grego Apostolos Kizilos. Histórias curtas, histórias longas, novelas, romances. Conferências: "A poesia de Attila Josef", pelo húngaro Imre Szasz. "Poesia coreana hoje", por Dong Kyu Hwang. "O romance latino-americano", por Fernando del Paso.

PROGRAMA INTERNACIONAL DE ESCRITORES
6 de abril de 1971
VANGUARDIA: EL FIN DE LAS OBRAS INMORTALES
(esteticismo, anarquia, happening, pop, cultura de massas)
por Hector Libertella

— Ali era um lugar onde, mais do que qualquer outro, ainda se acreditava em literatura. Porque havia centenas de pessoas envolvidas de algum modo com a literatura. Para o Writer's Workshop chegava gente de todo o país e do exterior, havendo passado por seu corpo de instrutores nomes conhecidos como Tennessee Williams, Philip Roth, Nelson Algren e uma porção de outros. Quando as pessoas falavam de gente famosa, os outros prestavam atenção. Pipina estava dizendo que Cortázar tinha cara de menino, mas que Lawrence Durrell, pessoalmente, era meio chato. O indiano Shrikant Varma contava que Evutchenko, motivado por inúmeras circunstâncias, tornara-se um cínico. E Arthur Midzyrzecki explicava que Henry Miller era um homem muito simples, sem nenhum artifício. E que Witold Gombrowicz, em pessoa, não era tão bom como em seus livros.

— Da visita de Jorge Luis Borges, alguém falou que o escritor argentino, quase totalmente cego, sentira no rosto o vento frio de Iowa e comentara que aquele era um belo lugar, que lhe fazia lembrar os Pampas.

No texto de Borges estava escrito: "Eu não acredito que ler um livro seja uma experiência menor do que viajar ou apaixonar-se. Eu não acredito na divisão entre vida real e vida imaginária. Eu penso que tudo faz parte da vida".

— Seymour Krim falava de Borges, para seus alunos, com muita admiração. Krim dizia que Borges era um grande humanista. E dizia, também, sem qualquer intenção depreciativa, que lhe parecia ter Borges transferido boa parte de sua sexualidade para a literatura.

— Krim fora apresentado a S por Apostolos Kizilos. S ficou contente de conhecer um cultor do *new journalism* e integrante, ainda que como crítico, da geração beat, conhecedor, pessoalmente, de Kerouac, Ginsberg, Corso e outros. Nada tão diferente quanto a vida de Seymour Krim e Kizilos, homem de família. Muito mais tarde Krim disse a S que sua frustração na vida era não ter constituído uma família.

— Barry Casselman estava viajando a Iowa especialmente para assistir à conferência de Borges. Era de noite e o carro vinha em velocidade e houve o acidente. Barry acordou dois dias depois, no hospital, e pediu imediatamente uma máquina de escrever. Barry escrevia poemas e contos e teve medo de que alguma lesão cerebral o houvesse incapacitado para a literatura.

— Abruquah chegara de Gana no dia anterior. Naquela noite o convidaram para assistir à leitura de poemas de um poeta negro. O auditório se encontrava lotado, em sua maior parte por negros. Abruquah sentou-se no chão e o primeiro poema, dedicado a Charlie Parker, começava assim: "Irmão, volte para a sua terra".

— Um homem extremamente lúcido e inteligente. Talvez por isso Shrikant Varma fosse tão amargo e pessimista, embora um homem muito afável. Um poema seu falava de uma estrada, de Bombaim para Calcutá, em que os viajantes jamais conseguiam chegar a seu destino.

Varma dizia que o problema da literatura indiana (e o seu próprio, talvez) era o da procura de uma identidade. "A tarefa de Rabindranath Tagore, o último gênio da literatura indiana, fora comparativamente fácil. Ele pertencia à glória, à tradição, à perfeição. Mas hoje a glória havia terminado e a tradição, até certo ponto, estava extinta."

Paul Engle já visitara mais de uma vez a Índia e disse que os ingleses haviam transformado uma bela tradição erótica num tolo puritanismo. Mas alguém brincou que o puritanismo desaparecera da Inglaterra e que talvez os ingleses tivessem assimilado a cultura dos hindus e os hindus, a dos ingleses.

Mas o certo era que as pessoas ainda procuravam a Índia, fugindo do Ocidente. Uma dessas pessoas foi Allen Ginsberg, que se tornou amigo de Shrikant Varma. Mas depois as autoridades praticamente expulsaram Ginsberg da Índia, por causa do seu comportamento.

— Quando S perguntou a Kenneth Brown que tal lhe parecera Jean Genet, quando o conhecera em Paris, Brown pensou um pouco e depois disse que Genet parecia um chofer de caminhão.

— Fernando del Paso se tornara amigo de Gabriel García Márquez na Cidade do México. Fernando disse que García Márquez, durante um certo período, mostrara-se bastante agitado, comentando estar escrevendo umas coisas esquisitas. Tempos depois, estas coisas esquisitas se transformaram no romance *Cem anos de solidão*.

— Hector Libertella, aos vinte e dois anos, escrevera o romance *El camino de los hiperboreos*, em que o personagem, Hector Cudemo, "el miticista de la literatura para ser vivida y no leída", recebe o Prêmio Internacional de Literatura.

E Hector Libertella recebeu, de verdade, o prêmio da Editorial Paidos, por *El camino de los hiperboreos*. Na solenidade de entrega de prêmios, Hector comparece carregando, como troféu, uma enorme coluna grega, de papelão. Ao chamarem seu nome, Hector sobe ao palco, pega o cheque e sai correndo pelas ruas de Buenos Aires.

— O iugoslavo Primoz Kosak escrevera a peça "O mito de

São Che". Uma complexa e inteligente metafísica revolucionária com críticas ao Che, que Primoz conhecera pessoalmente. Durante a Segunda Guerra, Primoz fora um dos *partisans* nas lutas pela libertação de seu país. Primoz falava desses tempos com um certo orgulho. Esses tempos de lutas, antes de as pessoas se corromperem pelo poder.

S disse a Primoz que a violência o traumatizava, não importando que fosse justa ou injusta. S mostrou a Primoz o seu conto sobre o pelotão de fuzilamento, em que a ação se passa fora do tempo e do espaço, e também não mostrando nenhum motivo para a morte do prisioneiro. Apenas o desenrolar frio e macabro de uma execução.

Mas Primoz falava em execuções justas e violências necessárias. Primoz falava de sua experiência pessoal, combatendo os nazistas, e S não encontrou nenhum argumento a lhe opor.

— No conto autobiográfico do tchecoslovaco Arnost Lustig, os dois rapazes judeus, recém-libertados de um campo de concentração, acompanham os soldados à casa onde se acha escondido o general nazista. Os rapazes vão ali para ver a justiça sendo feita.

O general alemão está deitado com a mulher e, despido do uniforme, é uma figura insignificante e amedrontada. Os soldados ordenam ao general que se levante e chegue à janela e olhe para a praça lá embaixo. A mesma praça onde alguns patriotas foram mortos. O general treme e implora pela vida.

Os dois rapazes judeus entendem que o general alemão será obrigado a pular para a morte. Mas os dois rapazes não querem mais assistir àquilo e vão até a cozinha, buscando algo para comer.

Quando eles voltam à sala, percebem que tudo não passou de uma ameaça e o general fora apenas preso.

Os dois rapazes se sentem bem porque a justiça não foi feita, apesar de tudo.

3

— O chileno Carlos Cortinez contava que na Cidade do México existia um cidadão que entrava nos bares munido de uma complicada maquininha. Mediante módico pagamento, aplicava eletrochoques nos frequentadores.

El loco Cortinez, como era conhecido por toda parte, fazia jus ao apelido. Matriculado na aula de latim de Marilia Parker, na Universidade de Iowa, costumava dirigir-se a ela na língua romana, fazendo-lhe propostas amorosas. Outras vezes, na companhia de S e Libertella, entrava numa loja qualquer e dirigia-se ao gerente em latim. Certa vez, estando com S e Libertella no segundo andar de um prédio universitário, onde não havia elevador, viram quando uma moça manca chegou àquele andar e perguntou a Cortinez onde ficava determinado departamento. Cortinez disse a ela que era no terceiro andar, mas que não sabia se ela conseguiria chegar lá, com aquela perna.

Cortinez participara do International Writing Program, num ano anterior, e acabara conseguindo uma bolsa de estudos para permanecer na universidade, como aluno não se sabia bem do quê, a não ser de latim, cadeira na qual talvez tivesse se matriculado apenas para cortejar Marilia Parker. Cortinez também fazia um programa numa rádio local, falado em castelhano e dirigido aos alunos de espanhol. Num dia chamou S para ser o convidado do programa e S foi, falando um portunhol terrível e lendo um conto em português mesmo. A trilha do programa era, obviamente, "Guantanamera".

Em tese, Carlos Cortinez era um escritor, embora ninguém

tivesse visto um livro seu. Libertella disse, rindo, a S que Cortinez ia fazendo anotações e já tinha um monte delas e que, anotando e anotando, chegaria o momento em que se perderia num monte dessas anotações.

Quando já de volta ao Brasil, S e sua mulher receberam a visita de Marilia e Gozo Yoshimasu, então casados e morando em Tóquio. E Marilia contou que Cortinez fizera um *streaking* nas ruas de uma outra universidade no estado de Iowa. *Streaking* era ficar nu num local público, coisa que estava sucedendo com uma certa frequência nos Estados Unidos e que acabou por acontecer na cerimônia de entrega do Oscar. S nunca mais ouviu falar o nome de Cortinez e chega à conclusão, talvez precipitada, de que ele era mais um personagem do que autor.

— Comentavam os participantes do programa: quem seria o escritor que escreveria o grande romance do International Writing Program? S chegou a fazer anotações em 1971, que agora retoma, sem nenhuma pretensão a fazer um romance. Mas, em 1971, talvez pudesse ter feito um livro só com as vivências de Iowa. O problema maior — e talvez por isso nunca ninguém houvesse executado o projeto — era a linguagem. Em que linguagem escrever o tal romance, pois ali no IWP eles viviam uma babel linguística e mesmo o inglês de cada um tinha os mais variados sotaques e um monte de idiossincrasias?

Outro chileno chamado Carlos era o ficcionista Carlos Morand, mas este um sujeito retraído, apesar de afável. Um dia estavam ele, S e a mulher de S, Maria, andando por uma trilha de gelo, no meio de montes de neve recolhida na cidade. Fora a nevasca de fim de ano. Carlos, Carlito, começou a assobiar a canção "Que reste-t-il de nos amours" e imediatamente os outros o acompanharam e comentaram o encanto geral com o filme de François Truffaut, *Beijos roubados*, em que esta canção era trilha fundamental. Mas hoje, tantos anos depois, S não tem mais nenhum encanto com os filmes de Truffaut, enquanto de Godard permaneceu um fiel admirador.

Carlos veio primeiro e, uns três meses depois, chegou sua mulher, Patricia, uma formosa bailarina. Mas chegava a espantar quanto Patricia era católica e conservadora. Criticava o comportamento livre das pessoas, ainda mais naquele início dos anos 70. Patricia falava num livre-arbítrio total e não acreditava em neurose ou psicanálise. Ela acreditava em Jesus Cristo. Tempos depois, quando tomou o poder no Chile o tirano Pinochet, S, para entender o fanatismo de seus partidários, lembrava-se sempre de Patricia.

— O poeta dinamarquês Poul Borum dedicara o poema ao indiano Shrikant Vama:

Não existe centro
e portanto
não pode existir
circunferência.
E isto
   é verdade.

Não há nenhum espaço
entre
nenhum lugar para ir.
E isto
é verdade.
Existem todas essas
possibilidades
   e você não escolhe.
E

há essa sensação
do fim
(*mas nenhuma escuridão*)
e isso
é verdade.

Existem vários milhões de círculos sem centros sem circunferências.

E

isso

nem

mesmo

é

VERDADE

Os primeiros sinais de que Borum tinha distúrbios mentais foram percebidos pelo venezuelano Nelson Arrietti, que dividia com ele uma casa. Borum falava e ria muito sozinho, olhando fixo o vazio. Algumas pessoas ventilavam a hipótese de abuso de ácido lisérgico, ou qualquer outra substância do gênero. O certo era que Borum, que a princípio se mostrara extrovertido e amigável com todos, tornou-se extremamente agressivo. Nas reuniões dos escritores, ele costumava manifestar suas discordâncias sapateando no chão. Numa dessas reuniões, ele se recusou a entrar na sala e permaneceu assistindo a tudo da porta, sem colocar os pés lá dentro, o que a partir daí passou a ser a sua posição habitual, talvez porque as pessoas fumassem na sala, embora Poul Borum fumasse muita maconha.

Borum deixou a casa de Nelson, acusando o venezuelano de pequenos furtos, além de comer as coisas que ele comprava e usar sua pasta de dentes. Borum foi morar sozinho (num quarto de hotel na Iowa House) e, de vez em quando, era transferido para o hospital psiquiátrico. Dizia-se que ele estava escrevendo um romance, com uma visão muito lúcida das pessoas com quem convivera ultimamente.

Mas o psiquiatra veio de Copenhague, depois de um contato da direção do programa com a mulher do poeta, e levou de volta — com seus cabelos muito compridos, jeans desbotados e esgarçados, camiseta branca e as botas de camurça até os joelhos, além de seus dentes incisivos pontudos, de vampiro — o poeta Poul Borum.

4

— Quando S chegou a Iowa City, como não havia vagas no Mayflower — *apart hotel* onde se hospedavam os escritores estrangeiros —, já tinha sido tudo providenciado para que ele alugasse um quarto na casa de Ray Kril, funcionário da universidade e professor de um curso livre de cinema. S pagaria noventa dólares por um quarto e refeições, preço bastante módico. Kril morava com sua mulher, Mary, e a filha ainda bebê, Alissa Barra.

Kril costumava dar aulas em casa e passava filmes para os jovens alunos, e S costumava assistir a elas. Um desses filmes era um documentário sobre uma comuna para doentes mentais, fundada e dirigida pelo dr. Richard, que morava na casa, ele próprio expondo-se então de peito aberto àquelas vibrações perigosas.

Uma pequena equipe de cinema veio morar na casa e havia convivido durante vários meses com os pacientes, de modo que estes não se inibiam mais com a presença permanente da câmera. Alguns chegavam mesmo, ingenuamente, a conversar com a câmera, como se esta fosse uma pessoa. Quer dizer, na verdade conversavam com o cinegrafista. Assim foi feito o documentário *Other voices*.

O filme acompanhava o desenvolvimento da terapia do dr. Richard e tinha momentos tocantes, como o da festinha organizada pelos pacientes. Numa outra cena, o médico sentava-se sobre o corpo da psicótica e exigia dela, energicamente, que saísse do seu fechado mundo interior. Noutras horas, o dr. Richard era muito gentil, chegando, por exemplo, a permitir que um dos doentes deitasse a cabeça em seu colo, enquanto era exteriorizada uma fixação materna. E havia, em geral, um processo constatável de melhoria dos pacientes. Mas num daqueles casos tudo foi inútil. O rapaz falava sempre que gostaria de ter nascido outra pessoa, alguém que não se atormentasse tanto. Ele admitia mesmo que preferia ter nascido um cachorro. O rapaz já tentara o suicídio algumas vezes e falava, fragmentariamente, na possibilidade de uma existência futura e melhor, uma espécie de reencarnação.

Um dia eles encontraram o rapaz enforcado no quarto. O dr. Richard explicou que o suicídio sempre provocava medo e repulsa nas pessoas. Mas, se partindo da perspectiva do paciente, ele realmente encarava a morte como uma libertação.

A idade dos alunos variava em torno dos dezenove anos e eles sentavam-se no chão, com o copo com vinho. E ninguém se incomodava que se acendesse um baseado, pelo contrário. Quando terminou o filme, alguém disse que seria inútil discuti-lo de um ponto de vista estético e cinematográfico e que aquilo era muito mais do que um simples filme. E que a realidade ultrapassava de muito qualquer ficção que se referisse a ela.

— O texto de Seymour Krim, na antologia beat, tratava da insanidade. As experiências psicóticas de Krim eram reais, mas ele colocava em questão o próprio conceito de sanidade. Porque havia uma sociedade tentando impor o seu conceito de loucura e trancando em clínicas aqueles que o desafiavam.

O poema "Howl", de Allen Ginsberg, dedicado a seu amigo Carl Solomon, internado no hospício de Rockland, começava assim: "Eu vi as melhores mentes de minha geração destruídas pela loucura". Mas Ginsberg estava ficando velho e se tornando uma figura folclórica, desprezado por poetas mais formalistas. Poderiam imaginar que em 2015, quando se escreve este texto, Ginsberg, morto, recuperaria seu imenso prestígio como poeta e como homem?

Já naqueles dias, a música que estava sendo ouvida por todos, particularmente a juventude, era "Fire and Rain", de James Taylor. Um cantor-compositor melancólico. Parecia que o rock 'n' roll estava mudando de direção e todas as revistas historiavam a década de 1960, a era do rock. Na capa da *Newsweek* apareceu Mick Jagger e na capa da *Time*, James Taylor, o mais novo *superstar*. James Taylor, jovem do interior e de uma família de músicos, com vinte e dois anos já tentara por duas vezes o suicídio, fora internado em clínicas também por duas vezes e se recuperara do vício da heroína outras tantas. A letra da canção dele e cantada por ele, com sua voz suave, dizia assim:

Hey mister, sou eu
aquele ali, na jukebox.
Sou eu quem está cantando
aquela triste canção.
E eu choro toda vez
que você põe uma outra moeda
na máquina.

—A jovem vietnamita Lan dizia, dentro do carro, que aquela maldita guerra não terminava nunca. Lan tinha uma voz muito bonita e, além do francês, sua segunda língua, falava inglês com perfeição. Um dia, alguém informou que Lan estava sob cuidados médicos-psiquiátricos. As pessoas falavam em perda de memória e tentativa de suicídio. Mas de nada havia certeza, a não ser de que ela tivera de retornar ao Vietnã.

— Na tela, com ruídos assustadores, havia manchas e pontos negros e coloridos despencando como bombas. Tom Dewit realizava um cinema abstrato-experimental, visando provocar sensações puras e primárias nos espectadores. Acompanhando o filme, havia o baterista ao vivo, com um solo que se iniciava baixinho e ia aumentando de intensidade, até a explosão final. Tom Dewit perguntou ao público se alguma sensação lhe fora transmitida. Como ninguém se manifestasse, ele acrescentou: uma sensação de paranoia, por exemplo. Algumas pessoas falaram que realmente o filme as atingira deste modo. Mas outras disseram que não haviam sentido coisa alguma.

— Dewit fora apresentado a S por Ray Kril. S chegara ao aeroporto de Cedar Rapids, Iowa, vindo do Brasil, via Chicago. S não era um cara que usava terno no Brasil. Mas viajou de terno escuro, o mesmo do seu casamento, para que este não ocupasse espaço na mala. Afinal poderia precisar de terno para alguma coisa. S estava meio tenso, porque não sabia em que lugar iria ficar em Iowa City, pois Paul Engle, o diretor, lhe explicara por carta que não havia mais acomodações no *apart hotel* Mayflower nem casas para alugar. E ficou contente que aquele jovem e simpático americano segurasse um papel com o seu nome. Era Ray Kril e este disse que era para S ficar em sua casa, alugando um quarto por noventa dólares, com direito a refeições.

Desembaraçaram a bagagem de S e subiram ao segundo andar do pequeno aeroporto, onde os aguardavam, numa lanchonete, um homem barbado e com os cabelos desgrenhados, falando inglês com um carregado sotaque latino, e uma mulher

Apresentações foram feitas e S ficou sabendo que estava diante do venezuelano Nelson Arrietti e da brasileira Marilia Parker.

Nelson estava comendo com as mãos pedaços de frango e de cara deu para S notar que ele era um gozador. Comia com a maior calma seu frango com fritas, pouco importando que o apressassem. Já Marilia falava com S em português, deixando-o constrangido, porque os outros não a entendiam.

De todo modo era um bom começo e depois do almoço de Nelson todos se dirigiram ao carro de Ray e rumaram para Iowa City, a uns trinta quilômetros dali. No banco traseiro iam S e Marilia, de quem o brasileiro ficou logo sabendo que trabalhava para o Programa de Escritores e que estaria à disposição de S para o que este precisasse. Apesar de ainda viver os efeitos de uma longa viagem, via Miami, e das tensões da chegada, S gostou desde logo daquela parte dos Estados Unidos, com suas plantações e um cheiro bom, numa tarde azul de outono. Passando diante de uma fazenda, Nelson disse, apontando para um grande estábulo, que ali era a Universidade de Iowa. S, ainda confuso com a chegada, disse, por polidez, que era muito bonita a universidade, e todos caíram na gargalhada.

Ray deixou Nelson e Marilia em suas respectivas casas e rumou para a sua, uma dessas casas pré-fabricadas, numa rua chamada Orange, toda arborizada. Fez a apresentação de sua mulher, Mary, e depois subiu as escadas com S para mostrar o quarto deste, o banheiro e ainda mostrar, dormindo no berço, sua filha, Alissa Barra, um bebê de meses. Quando S disse que também tinha uma filha dessa idade, Ray falou que quando ele sentisse saudade dela podia brincar com Alissa, que logo S ficou sabendo que se chamava assim porque fora concebida num lugar com este nome, no México.

Tornaram a descer e Ray foi mostrar a S o quintal onde havia uma parreira carregada e os dois chuparam uvas bastante apetitosas. Já não faltava muito para a noite cair e começava a ficar frio. S comentou isso e Ray riu e falou que ele ia ver no inverno o que era frio.

Depois S subiu ao quarto, para arrumar suas coisas e, enfim, tirar o maldito terno. A seguir foi tomar um banho, que tinha de ser de banheira, porque não havia chuveiro. Deitado na água morna, S enfim relaxava e pensava que as coisas estavam indo muito bem.

Ao descer as escadas, já de roupa trocada, S ouviu de Ray que logo eles iam jantar. Na eletrola estava tocando um ótimo rock 'n' roll e Ray apresentou o grupo como o Jefferson Airplane. Depois pegou uma caixa de charutos em cima de uma mesinha, abriu-a e dentro dela estava cheio de maconha. E Ray perguntou a S se no Brasil também se fumava marijuana, e S disse que sim, que no Brasil também se fumava marijuana, e Ray enrolou um baseado. Pode-se então dizer que uma das primeiras experiências de S nos Estados Unidos, desta vez (pois já estivera em Nova York em 1967), fora fumar maconha e ficar doidão e sua mente acelerou, misturando o rock 'n' roll que agora era outro à viagem que já estava no passado, sua mulher e filhos e muitas coisas mais.

5

— Dando um salto no tempo, fumar maconha tornara-se um hábito diário, assim como seguir Ray por toda parte. Numa dessas foram parar num galpão, bastante derrubado, onde se daria um concerto de rock. Mary ficou em casa, preparando um jantar especial — talvez fosse uma data comemorativa qualquer, ele não se lembra mais, talvez Thanksgiving Day —, enquanto saíram eles dois, e Ray tinha algo a ver com a organização do concerto e eles foram parar no camarim dos músicos, dependuraram seus casacos e começaram a fumar do baseado que passava de mão em mão.

O fumo que rolava na cidade tinha várias procedências, inclusive a *cannabis* que era plantada ali mesmo, mas esta não prestava, por causa do solo e do clima. O certo é que este fumo dos músicos, particularmente, era fortíssimo, e S era um cara que tanto podia exaltar-se com a erva como cair numa depressão, um estado beirando o paranoico. Mas ele só sabia, a princípio, que chegara a hora de os músicos subirem ao palco, então saíram todos do camarim, trancou-se a porta, e o grupo começou a tocar um som bem heavy e, como o show havia começado atrasadíssimo, Mary já deveria estar esperando-os para jantar. E S começou a preocupar-se e falou com Ray a respeito, e que eles precisavam pegar seus casacos, que haviam ficado no camarim, mas Ray não sabia quem tinha a chave e S teve medo de que a chave houvesse ficado com um dos músicos, e então eles teriam de esperar o concerto acabar. S estava exageradamente preocupado com o seu casaco, porque a temperatura andava em torno dos vinte graus negativos, e ele queria ir para casa.

Depois, começou a fixar-se num jovem barbado lá perto do palco, que dançava enlouquecidamente com uma criança nos braços, e S pensava que aquele jovem estaria causando mal, de alguma forma, à criança, bem pequena ainda, e que ele, S, de algum modo devia intervir, mas intervir a que pretexto? Pois aquele mal podia ser fruto da sua imaginação, um estado alucinatório, porque ninguém mais estava se preocupando com aquilo, mas S queria mesmo ir embora e começou a atazanar Ray para encontrar a chave do camarim, porque queria pegar seu casaco, até que, por fim, um fim que demorou a chegar, Ray veio com um jovem que tinha a chave e S respirou aliviado, quando pôde pegar e vestir o seu casaco e convencer Raymond a irem embora.

Mas o fumo era mesmo brabo e as ruas desertas de Iowa City lhe pareciam muito longas e até sem fim, mas depois, do mesmo modo que a depressão viera, ela foi embora, isso quando se aproximavam de casa. Mary os esperava com um frango assado, farofa, passas, salada e arroz, e eles estavam com uma larica absurda, e ao mesmo tempo achavam hilariante a bronca que Mary dava em Ray, e que sobrava para S, e quanto mais Mary falava, mais eles riam descontroladamente, riam e comiam, e S teve medo de que Mary explodisse de raiva, mas isso não chegou a acontecer e, como sempre, o rock tocava na sala e a noite acabou por encontrar o seu final, mas S não se lembra mais do que aconteceu até lá.

— Vivia-se, era certo, uma época em que predominava o desejo de paz, inclusive por causa da oposição à Guerra do Vietnã. Então um programa que S veio a fazer, não se lembra mais em companhia de quem, foi assistir a uma sessão de cinema underground levada num galpão, e a marijuana, evidentemente, estava lá. E alguns jovens tinham vindo com seus filhos e vários colchonetes haviam sido estendidos e as pessoas podiam assistir aos filmes deitadas, mas S se deitara no chão mesmo e baseados passavam por suas mãos, enquanto os filmes rolavam, e havia um deles engraçadíssimo que era um troço bancando o autobiográfico e em algumas cenas o próprio ator segurava a câmera contra o próprio rosto e numa delas dizia: "Hoje não aconteceu nada". E noutra cena um cachorro pulava sobre suas costas, como se o estivesse enrabando, pois o cara cujo diário se passava na tela estava fodido.

Mas o filme verdadeiramente chocante, versando sobre um ritual satânico, era o de Kenneth Anger, um sujeito, segundo disseram a S, que fazia parte do grupo de Charles Manson, assassino da atriz Sharon Tate e seus amigos, na Califórnia. E isso era como um lembrete de que *paz e amor* podia não ser mais do que uma frase.

— A mulher de S, Maria, já chegara para passar uns três meses, deixando no Brasil, com os avós, o filho de sete anos e a filhinha de meses. Nos feriados de fim de ano, S e Maria foram para Nova York e aproveitaram bastante. A cidade toda estava cheia de cartazes com as figuras dos Rolling Stones, anunciando o filme *Gimme Shelter*. Naturalmente eles foram ver os Stones, participando de um concerto em Altamont. Era excitante sair na noite de Nova York e eles pegaram o metrô e depois seguiram a pé. Já nas imediações do cinema podia-se sentir o cheiro de maconha, mas ao entrar na sala é que eles perceberam toda a dimensão da liberdade que as pessoas se davam naquele tempo. Havia tanto fumo que, mesmo que você não fumasse nada, ficaria *stoned*, como se dizia por lá.

O filme ia muito além do som fantástico dos Rolling Stones, para tornar-se um documento quase sociológico sobre a Califórnia. Os Stones, talvez para não ter seu concerto prejudicado pelos delinquentes Hells Angels, contrataram estes como seus guarda-costas. E aconteceu que, no meio do show, um dos Angels, que estava sentado à beira do palco, encarando o público, saltou na plateia e matou a facadas um jovem. Depois ficou provado que este jovem estava segurando um revólver e talvez fosse atirar nos Stones. Mas antes que tudo ficasse provado, inclusive pela filmagem em câmera lenta, aproveitou-se para dizer muita coisa sobre a violência do rock 'n' roll e dos Rolling Stones. E o concerto de Altamont ficou conhecido como uma espécie de contrário do Monterey Pop, em que rolou música para valer, num ambiente de paz, com os melhores artistas e grupos e uma apresentação radiosa do grupo indiano de Ravi Shankar. Mas o maior de todos os festivais e que assim estará para sempre escrito na história será o de Woodstock, quando se pensou que o mundo nunca mais seria o mesmo, o comportamento das pessoas, e de certa forma foi isso mesmo que aconteceu. S, que viveu nesta época nos Estados Unidos, e antes estivera em Praga e Paris em 1968, já tinha como certo que este comportamento só poderia evoluir nessa direção de uma loucura pacífica e cada vez mais liberdade. E no entanto era impossível ignorar a Guerra do Vietnã, mas as pessoas também acreditavam que conseguiriam obrigar os governos à paz no Sudeste Asiático, o que de fato veio a acontecer. Mas e os milhares de jovens que morreram ou ficaram mutilados numa guerra que não era a sua?

Uma das cenas mais emblemáticas que S veio a ver, sobre essa dupla realidade, está no filme *Apocalypse Now*, de Francis Ford Coppola, quando numa embarcação americana, que desce o rio Mekong, um jovem soldado fuma um baseado, dança e ouve rock 'n' roll, em plena guerra.

No curso de cinema de Ray Kril havia um aluno chamado Mike, que estivera na Guerra do Vietnã e fora desmobilizado por causa de um ferimento no ombro. Mike ficara mais ou menos amigo de S e, quando este perguntou o que ele sentira na guerra, Mike veio com uma resposta surpreendente. Disse que sentia muita falta do companheirismo com os outros soldados de seu pelotão. De fato, os veteranos formavam um grupo à parte e Mike, com os seus vinte e dois anos, parecia um homem muito mais vivido do que os jovens da sua idade.

6

— E o fato é que o mundo não mudou na direção esperada pelos sonhadores jovens otimistas em suas comunidades. Aliás, o cínico e individualista Andy Warhol disse numa entrevista que o que havia de fato numa comunidade eram as pessoas disputando uma última fatia de bacon na geladeira.

Mas grande repercussão, mesmo, alcançou a imensa entrevista dada por John Lennon ao jornal *Rolling Stone*, dividida em duas partes: "The dream is over" e "The working class hero". Nela, Lennon dizia que nada havia mudado, a não ser as ruas de Londres cheias de jovens vestidos com roupas bizarras. E que o sonho da era do rock estava acabado. E S pensou: "logo agora que eu estou imerso neste sonho?". E nele continuou imerso.

— Andando com a sua mulher nas ruas do Greenwich Village, S sentia seu coração bater e um grande júbilo por estar ali ao lado de todos aqueles *freaks*. E havia um número muito maior de casais multirraciais do que no Brasil. Numa dessas andanças com M, sua mulher, deram com uma casa noturna que estava apresentando ninguém menos do que Thelonious Monk. Sentaram-se à mesa e Monk, junto com o seu grupo, entrou e lançou um olhar de profundo desprezo para uma mesa onde americanos, provavelmente do interior, falavam alto sem nenhuma sensibilidade. E Thelonious arrasou em seu piano, sem lançar mais nenhum olhar para a plateia.

S e M aventuravam-se por toda a cidade, usando o metrô como condução e um mapa como guia. Acabando de jantar uma noite no bairro chinês, quiseram ir ao East Village, onde se reuniam os novos *freaks*. E foram andando a pé, seguindo as indicações do mapa. Mas, de repente, encontraram um homem bêbado e depois mais outro e mais outro, grupos deles, até que de um bar saiu uma boa quantidade de bêbados vindo em sua direção. E viram, pelo mapa, que estavam no Bowery, o bairro dos bêbados mais decaídos, que se lançavam em direção a eles e, de repente, tiveram medo de ser assaltados, deram as costas e saíram correndo novamente até o bairro chinês.

Mas Nova York era também os museus, e S e M deixavam-se perder por horas no MOMA e no Metropolitan, e batiam fotos suas junto a esculturas nos jardins do MOMA, sem vergonha de comportarem-se como os turistas que verdadeiramente eram. E, ainda como turistas, foram ao Carnegie Hall assistir ao concerto do Modern Jazz Quartet. O mesmo Carnegie Hall onde a turma da bossa nova fora pedir a bênção na Meca Ocidental que era Nova York.

E, como não podia deixar de ser, foram assistir à peça *Hair*, apenas para constatar que, após tudo o que já acontecera depois da estreia do musical, *Hair* era um espetáculo quase pudico e ingênuo.

Enquanto isso, no Magic Circus, noite após noite, havia uma porção de tempo, repetia-se um filme idiota qualquer e romântico e o grande espetáculo era o público que interferia nas falas ou, melhor ainda do que isso, arremedavam-nas em conjunto.

Até que um dia bateu um cansaço da cidade de Nova York, pois ali a vida era muito cara e eles não passavam de *outsiders*. Então foram à companhia aérea e conseguiram antecipar sua passagem para Cedar Rapids, Iowa, onde se conseguia condução para Iowa City. E lá foram eles de volta, como quem volta ao lar.

Mesmo antes de M chegar, S fora morar na Iowa House, um hotel encravado em pleno Activities Center da universidade que hospedava visitantes de algum modo ligados à instituição, como eles. Só que nessas férias de fim de ano a Iowa House estava fechada para manutenção e eles conseguiram hospedar-se apenas no Davis Hotel, o único da cidade e um estabelecimento bastante furreca, hospedando pessoas de menor poder aquisitivo que passavam pela cidade. Mas tudo bem, seria apenas por poucos dias e dava para aguentar o buraco na madeira da janela que deixava passar o frio cortante.

Ao saírem de Iowa City para viajar, haviam deixado o grupo

de escritores vivendo com uma certa animosidade entre eles, devido à convivência prolongada. A princípio fora a descoberta umas das outras, depois as pessoas acabavam por mostrar-se cruas, com seus temperamentos e vaidades, além de divergências políticas, aliás curiosas, pois os que viviam em países comunistas, bastava ganhar a confiança delas, queixavam-se amargamente do regime. Enquanto os escritores latinos, por exemplo, vivendo em países capitalistas, eram todos de esquerda.

Mas o que havia de novo era que novamente reinava a harmonia, os escritores todos dizendo que a festa de Natal fora uma delícia, uma grande confraternização, e eles, S e M, não sabiam o que haviam perdido.

Mas veio o réveillon de 1971, festejado em casa dos Lustig, o casal Arnost e Eva e um filho e uma filha adolescentes. Arnost e Eva se conheceram num campo de concentração nazista e tinham sobrevivido, sabe lá Deus como. Arnost se filiara ao PC e, um bom tempo depois, fora ativista na Primavera de Praga e ligado ao governo Dubcek. Mas a vinda de Arnost, romancista e roteirista de cinema, inclusive de Milos Forman, para o International Writing Program, na Universidade de Iowa, coincidiu com a invasão da Tchecoslováquia pelos soviéticos, em 1968. Então a família conseguiu asilo político nos Estados Unidos e permaneceu em Iowa City.

Num lance de humor negro, Arnost e Pepe, seu filho, se fantasiaram de prisioneiros, com roupas listradas, para a festa de réveillon. A festa foi animadíssima, com muita bebida e muito carinho e confraternização entre as pessoas, e não era à toa que o apelido do programa era International Drinking Program. Já outros preferiam chamá-lo de International Fucking Program, mas não se fodia tanto assim, embora até se tentasse. Um empecilho para isso era a quantidade de homens em muito superior à de mulheres e, um dia, o indonésio Gerson Poyk quis saber de S e

Hector onde era o *dirty place de Iowa City*, querendo dizer com isso a zona. Para desconsolo de Gerson (que anunciara com orgulho a S ter o mesmo nome do craque brasileiro campeão do mundo), Hector acabou conseguindo explicar-lhe que *there's no such place in Iowa City*.

As mulheres na festa eram disputadíssimas e S procurara o tempo todo aproximar-se de Elizabeth, a bela inglesa mulher do húngaro Imre Szasz, e como era bom dançar com ela, tão leve e delicada. Mas Liz era disputada por todos, o que deixava Szasz irritadíssimo, e isso acabou lhe valendo o apelido de Marquês de Szasz, depois simplificado para simplesmente o Marquês. O problema maior de S era que, ao mesmo tempo que queria cortejar a inglesa, via os outros escritores cortejando sua mulher, uma bela morena. Ó divisão atroz, dançar com uma mulher e vigiar outra, e a grande surpresa de S foi quando o indiano Shrikant Varma o tirou para dançar, o que S recusou, polidamente. Se fosse hoje, com toda a certeza teria aceitado, como alguns orientais que dançavam uns com os outros. Outra mulher requestadíssima era a brasileira Marilia Parker, que rodava de braço em braço. S dançou com ela também e com Eva Lustig, e cometeu a grande gafe de perguntar a ela como tinha sido no campo de concentração, recebendo como resposta apenas alguns grunhidos de repugnância, além de suspiros.

O fato é que estavam todos bêbados, mas drogas não se consumiam, pois não era hábito dos europeus, quase todos mais velhos que os orientais e latinos. E também ótimas conversas eram travadas e, oh, como gostaria S de ter gravada aquela festa que jamais poderia se repetir, e não consegue descrever a emoção daquela noite, quando ele vivia verdadeiramente em outro mundo, abraçando e beijando todos e, de repente, estavam no ano de 1971, encharcados até a alma de álcool e sentimentos.

Depois já era tarde da noite e Lustig se propôs a levar S e

M ao hotel e entraram todos no carro. Arnost, o filho, Maria, S e Marilia. Arnost era duro na queda e estava dirigindo razoavelmente para quem havia bebido a noite inteira, mas um carro da polícia encostou logo atrás e os guardas fizeram o sinal para Lustig parar. Quando ele desceu do carro, os policiais não puderam deixar de rir dos seus trajes de presidiários e, após um breve diálogo, ordenaram a Arnost que fizesse um quatro e, naturalmente, ele obedeceu e conseguiu ficar firme o suficiente para que os patrulheiros o liberassem.

Em vez de deixar logo as pessoas em suas residências, Arnost seguiu pela estrada e acabaram parando no bar de um posto à beira da rodovia e pediram cervejas para todos. Arnost e Pepe iniciaram uma discussão por um motivo qualquer e o pai acabou atirando cerveja no rosto do filho e este retrucou na mesma moeda e iniciou-se uma guerra de cerveja, respingando em todo mundo, e terminou por todos à mesa tomarem parte na brincadeira de mau gosto, mas que por fim cessou entre gargalhadas.

Bem, este era o clima de uma loucura generalizada na convivência, porque se bebia tanto naquele programa que seu apelido, como foi dito, era International Drinking Program.

No dia seguinte, S e M, acordando numa extrema ressaca, notaram que havia neve do lado de dentro da janela do quarto, neve que entrara pelo buraco, pequeno até, na janela. Então se levantaram e viram que no final da noite houvera uma nevasca colossal, que continuava a cair sobre Iowa City, que estava completamente coberta de branco. Resolveram sair para tomar o café da manhã, porque isto era uma coisa que não havia no Davis Hotel. Mas ao chegarem à rua perceberam que suas botas afundavam na neve e grande era a dificuldade para andar. De todo modo só restava prosseguir, até que acharam uma lanchonete aberta e acabaram por fazer uma refeição completa, porque se locomover naquele dia seria uma coisa extremamente complicada. Mas ambos tinham consciência de que dificilmente teriam um réveillon melhor em sua vida, o que se revelou verdadeiro.

7

— O objetivo do International Writing Program era dar às pessoas as condições necessárias para realizar seu trabalho e também promover a convivência de escritores de várias partes do mundo. E alguns de fato escreviam, mas outros, como S, consumiam seu tempo quase todo nessa convivência, porém tomando notas e escrevendo um mínimo. Mas o fato é que aquela vivência, que misturava os escritores do programa e jovens estudantes da cidade, principalmente para S, que tivera este acesso aberto ao morar por uns tempos na casa de Ray Kril, transformou para sempre sua literatura, para não dizer sua própria vida.

Uma vez por semana havia um encontro, realizado, em geral, no salão do *apart hotel* Mayflower, quando um ou dois dos escritores lia seus trabalhos ou apresentava algo da literatura do seu país. Por exemplo: "Poetas poloneses hoje — Consciência do poeta moderno", por Artur Miedzyrzecki. Ou "Poesia asiática", estudada e apresentada por integrantes do Programa. CHINA: Cheng Wen Tao, Koo Siu Sun, Lo Yen, Wan Kin-lau. ÍNDIA: Shrikant Varma. INDONÉSIA: Gerson Poyk. JAPÃO: Kazuko Kawachi, Tkako Uchino Lento. COREIA: Dong Kyu Hwang. FILIPINAS: Gelatio Y. Guillermo, Jr. VIETNÃ: Nguyen Lan Thi Nhan. Ou, ainda, poemas do israelense Moshe Dor ou do japonês Gozo Yoshimasu, lidos por eles próprios. Ou a poesia de Artur Miedzyrzecki, traduzida e lida por John Batki.

Mas o que havia de espantoso é que estas apresentações se dessem em torno de uma mesa com toda a sorte de bebidas possível. E então era natural que no decorrer da reunião houvesse vários escritores bêbados. E era também natural que as línguas se soltassem e discussões cada vez mais ásperas se dessem entre os participantes, fossem de caráter estético ou político. E havia um ou outro que também se preparava com um bom fumo.

E podiam se dar também brincadeiras politicamente incorretas como S e Libertella, a um canto do salão, arremedando poemas chineses cheios de flores, pássaros e borboletas e falsos haikus.

Num daqueles fins de tarde apresentou seus poemas o japonês Gozo Yoshimasu, de trinta anos, e mesmo os mais atentos ainda não se davam conta de que estavam ali diante de um artista singular que, anos mais tarde, produziria um poema em que a paisagem era vista da janela de um trem-bala e outros tantos poemas de incrível força e inventividade. Que Gozo estava fadado a ser um dos maiores poetas japoneses, com trânsito internacional.

Noutra dessas reuniões, o ficcionista mexicano Fernando del Paso, que até então era simpático a todos, fez uma palestra que já em seu princípio exibia uma incrível provocação: "A América Latina herdou da Europa, além da sífilis, ditadores só comparáveis a Calígula". Terminada sua fala, o ambiente foi tomado por uma discussão generalizada, pois boa parte dos presentes era europeia. Tempos mais tarde, paradoxalmente, Del Paso se tornou embaixador de seu país e um romancista muito reconhecido no México.

Um dos pontos altos desses encontros foi a apresentação, pelo poeta francês Alain Delahaye, dos poetas surrealistas franceses André Breton, Paul Éluard e Robert Desnos. Como o local para onde fora marcada a apresentação, na universidade, estava ocupado, reuniu-se o pessoal num laboratório de química que estava disponível, pelo que se pediu desculpas a Delahaye. Este sorriu e disse que os poetas surrealistas amariam ser apresentados naquele local, com todos os seus instrumentos e tubos de ensaio.

O próprio Alain Delahaye, cabelos ruivos, ainda na casa dos vinte, era uma das poucas figuras não convencionais da cidade, pois só andava de smoking. Isso numa época — a famosa era do rock — em que os cabelos compridos e as roupas não convencionais acabaram por se tornar o verdadeiramente convencional. Alain também recusava as drogas, menos o álcool, e só ouvia música clássica. S até hoje, neste ano de 2015, se lembra de Alain Delahaye como uma das pessoas mais interessantes que conheceu em sua vida.

— E assim S e M iam levando sua vida, para eles nada convencional, que era conviver com aquela gente toda, viajar com ela. Sim, porque os membros do programa volta e meia eram convidados a visitar pessoas e fundações que, de outras cidades, contribuíam financeiramente para tornar viável o programa, que não devia custar nada barato. Essas viagens eram feitas em confortáveis ônibus alugados, dentro dos quais os escritores se divertiam com brincadeiras ou simplesmente conversavam. Chegando à cidade programada, se hospedavam em motéis, em geral afastados dos centros urbanos. E, invariavelmente, deixavam as portas de seus quartos abertas e uns visitavam os outros e era impressionante a quantidade de bebida que consumiam. Depois, na noite seguinte, reuniões se organizavam e cada um apresentava, para seus anfitriões, um número para o qual era apto, como recitar poemas ou tocar algum instrumento.

Mas numa dessas viagens ao estado do Wisconsin aconteceu de um coral de meninas negras cantar *spirituals* para os visitantes e, de repente, tudo teve de parar porque uma garota entrou em transe profundo entre lágrimas, e eis que eles, os escritores, aprendiam mais alguma coisa sobre a psique humana, a histeria que a música religiosa podia provocar.

Já num jantar oferecido pela fábrica de tratores e máquinas

John Deere, todos estranharam que nem uma só bebida alcoólica fosse servida, como coquetel ou durante a refeição. Depois alguém cochichou a S que a mulher do proprietário, uma loura magra e alta, elegantemente vestida, se tomasse uma gota que fosse de álcool, não pararia mais, tomava porres homéricos, uma mulher normalmente cheia de classe, quando subia sobre a mesa dançava, sapateava e chutava copos. S se lembrou da grande poeta americana Elizabeth Bishop, que conhecera em Ouro Preto, de quem se dizia a mesma coisa: era só um gole, que não parava mais, aprontava todas. Mas S não chegou a ver Elizabeth tomando um porre desses.

Os amigos de S e M, que também estavam em casa de Elizabeth, contaram um caso do poeta Vinicius de Morais — aliás muito amigo de Elizabeth —, que estava curtindo a vida com uma amante numa pousada em Ouro Preto, quando sua mulher, seguindo o seu rastro, chegou lá na hospedaria. Avisado, Vinicius desceu uma escadaria correndo, foi aos fundos da casa, de onde saltou um muro para a rua, para perder-se nas ladeiras de Ouro Preto e além.

8

— Aproximava-se o tempo de Maria partir, mas antes ainda deu para ela comparecer a espetáculos que mudariam para sempre sua percepção da arte e da vida. A primeira delas foi quando estavam ouvindo música, bebendo uísque e queimando fumo na casa do músico de vanguarda americano Peter Lewis, que dirigia o Center for New Music, parte do Center for the New Performing Arts. A reunião era em tudo agradável, mas, em determinado momento, Pipina, mulher de Lewis, perguntou a todos se não queriam ir ao museu, pois ali estava se dando um happening do grupo do teatrólogo de New York Robert Wilson, que diziam era muito bom.

S preferia ficar ali no aconchego daquela reunião, mas não ia ficar sozinho, e seguiu os outros em carros, até porque já assistira a um concerto do Center for New Music e gostara muito. Chegando S ao museu, teve a grata surpresa de ver o que unia a liberdade ao senso estético apuradíssimo, como, por exemplo, um bando de crianças vestidas de branco se dando as mãos para atravessar os espaços, ou uma mulher nua que rodopiava lentamente pelos mesmos espaços, enquanto era tocada uma música moderníssima. Das cenas que S se lembra até hoje, havia uma que era assim: um homem sobre uma tábua flexível, com dois apoios, que se balançava ininterruptamente, com uma expressão inteiramente séria e segurando dois baldes com peixes lá dentro. De vez em quando se ouvia alguma coisa ou grito, e, ao se olhar para o teto alto do museu, havia uma velha engaiolada dando gargalhadas de bruxa.

Algum tempo depois, S e M foram ao teatro da cidade assistir a uma peça do mesmo Robert Wilson, chamada *The Deafman Glance* (O olhar do surdo). O espetáculo começava com um menino assistindo a um assassinato a facadas de um homem por outro. E um grito se ouvia. A partir daí se desenrolava um espetáculo completamente silencioso, com quatro horas de duração, em que se passava no palco todo tipo de visões e pequenos acontecimentos, como num sonho. Por exemplo, a uma mesa, durante horas, havia um grupo de pessoas simulando comer, extremamente devagar. Noutro ponto do palco, um homem pescava também com extrema lentidão, fazendo um peixe subir e descer da ponta do anzol. De vez em quando, cruzava o palco, rodopiando, uma mulher nua. Ou crianças se dando as mãos.

Enfim, inúmeras visões, que tinham em comum o fato de serem silenciosas e exageradamente lentas. Uma espécie de presépio animado expressionista, caminhando para um clímax que era o entrar no palco, muito lentamente, de pessoas fantasiadas de gorilas, carregando instrumentos musicais. Até que esta *orquestra* se postava para tocar e, por fim, se ouvia no teatro o "Danúbio azul", de Richard Strauss.

S nunca mais foi o mesmo homem e o mesmo artista depois desse espetáculo, que provocou grande polêmica na cidade. E ficou encantado quando conheceu o diretor de teatro Antunes Filho, muitos anos mais tarde, e este lhe disse que uma de suas principais influências para fazer *Macunaíma* e outras montagens fora justamente Bob Wilson.

— Contando namoro, noivado e casamento, podia-se dizer que S e M estavam juntos havia uns oito, nove anos. Antes foram amigos e M chegou a namorar o irmão de S. Era uma grande turma de amigos que frequentava a Mercearia, um misto de venda e bar estabelecido ali no bairro dos Funcionários, em Belo Horizonte. S e M tinham em comum, apesar de ela namorar o outro irmão, o gostar de arte e literatura e, assim, quando saía a turma inteira — em grupo os pais das moças permitiam —, puxavam papo um com o outro e S tinha atração por essa moça quatro anos mais velha do que ele, uma atração que era sobretudo de entendimento, psicológico e intelectual.

Mas quando M já estava desimpedida do irmão, houve uma noite em que foram vários amigos a uma festa e, ao dançarem, S e M, houve uma súbita atração. Na verdade, S estava bêbado e era só assim que tinha coragem de tirar as moças para dançar. Tão bêbado que não se lembra do papo que tiveram, mas depois — disso ele se lembrava bem — encontraram-se na cidade de Ubatuba, no litoral paulista, onde a família de M passava todas as férias. S fora de lambreta, uma longa viagem, e foi de uma maneira muito natural, embora o pai de M não gostasse, que S começou a levar M na garupa de sua lambreta, para passeios que ela indicava na cidade. E S se excitava quando M se encostava às suas costas, de um modo quase imperceptível, despistando. E foi desse modo que começaram a namorar, às escondidas dos pais da moça, pois S tinha dezoito anos e M, vinte e dois. Entre as chamadas moças de família, naquela época, só se namorava se fosse seriamente, e S foi se enredando, até que tudo ficou às claras, os pais de M concordando com o namoro. E esse namoro foi se estendendo no tempo, as intimidades se tornando mais intensas, de um modo que era quase uma concordância com o noivado. Mas o melhor mesmo tinha sido o tempo de clandestinidade, encontrando-se em BH em bares escuros, bons para pessoas que tinham de se esconder como eles.

Durante esse tempo, S conseguiu de seu pai, de presente, passagens de avião da empresa KLM — que o pai ganhou do agente de viagens da firma em que trabalhava — e S foi sozinho, aos dezenove anos, para a Europa, num roteiro, sempre de avião de quatro motores ou turboélice, que sempre tinha de passar pelo aeroporto de Amsterdam. Uma viagem, com pouquíssimo dinheiro, da venda de uma lambreta e mais algum, dado pelo pai, com um percurso nem mais nem menos assim: BH, Rio de Janeiro, Amsterdam, Dusseldorf, Amsterdam, Roma, Amsterdam, Paris, Amsterdam, Rio, BH. E o fato é que S sentia uma tremenda inveja da juventude europeia, com sua liberdade, enquanto ele estava ali, com uma saudade da namorada e solitário, pois, ainda que tivesse, com sua timidez, coragem para abordar uma garota, não haveria tempo para que alguma coisa acontecesse. E S ficou deprimido e começou a gastar dinheiro nos bares e com as putas, sendo que a primeira foi num bar de Amsterdam, uma loura muito mais alta do que ele e que, passando um braço em torno do seu ombro, o levou a nada menos que sua casa, onde sua família jantava naquele momento, mas fez o possível para que ele se sentisse à vontade. Era 1961, e ainda com uma situação financeira de pós-guerra, e havia moças que se viravam assim. O pior de tudo é que S, com a bexiga cheia de cerveja, brochou, enquanto a mulher o instava a gozar depressa. E pior ainda é que haviam combinado um preço, e S, dando uma nota de alto valor, ficou esperando, já na rua, que ela lhe desse o troco. Um tremendo otário, é o que ele foi, pois ela desapareceu para sempre e ele nem mesmo saberia reconstituir o percurso que haviam feito, até a casa dela, se casa dela fosse, e não apenas alugasse ali um quarto.

De Amsterdam S foi para Dusseldorf, onde o aguardavam o conde Carolyn, que chefiava o escritório da Usiminas na Europa, que ali se localizava, e o jovem Ricardo Holl, cujo pai falecera havia pouco e também trabalhara para a Usiminas, mesma empresa de que o pai de S era diretor.

O conde convidou S para almoçar e este ficou aliviado, pois, além da refeição grátis, teria a oportunidade de pedir um dinheiro emprestado ao conde, porque, depois das farras em Amsterdam, a facada da puta, não haveria a menor possibilidade de ele sustentar-se no restante da viagem. Então pediu aquele dinheiro ao conde, que, embora de cara fechada, não recusou, pois era subordinado do pai de S. E deu-lhe um cheque para descontar no banco. S fez isso, mas, na volta ao Brasil, teve de suportar uma descompostura do pai, a quem o conde escrevera uma carta que, em linhas educadas, falava na irresponsabilidade natural dos jovens.

Ricardo Holl tinha uma bicicleta a motor, quase uma motocicleta, e os dois ficaram amigos e perambulavam dia e noite pela cidade, chegando a ir até Colônia. Depois decidiram ir a Bruxelas, na mesma bicicleta, e pegaram um dia chuvoso e, numa hora em que a chuva aumentou, pararam debaixo de uma árvore, e logo um raio caiu sobre a árvore e então seguiram caminho e não é que chegaram? Ficaram num hotel dos mais mixurucas e, com as roupas molhadas, não dava para entrar em nenhum cabaré e então deram com um mafuá, um parque de diversões, e para lá foram. Entraram numa barraquinha onde mulheres caídas faziam striptease, foram ao trem fantasma, assistiram a lutadores que desafiavam os frequentadores a lutar e outras coisas mais. No dia seguinte, o mesmo percurso de volta até Dusseldorf.

Na manhã seguinte, um novo voo — Dusseldorf, Amsterdam, Roma — e lá chegou à Itália S com sua luta contra a depressão. Sua primeira providência foi alugar uma lambreta, e com esta lambreta andava o dia inteiro, ao acaso, no meio do trânsito caótico de Roma e seguindo placas que lhe apontavam o Vaticano, o Coliseu, a Fontana di Trevi, a Via Veneto e assim por diante, de dia e de noite, os monumentos iluminados, esquadrinhando a cidade. Até que, não suportando mais tanta solidão, comprou bilhete para uma excursão de ônibus até Sorrento. E, neste ônibus, teve a sorte de sentar-se ao lado de um rapaz da sua idade, Jack Cheroke, apátrida que nascera num campo de concentração no Japão. Jack só pensava em arranjar uma mulher, mas S era muito tímido e houve um momento em que, sentados no balcão do bar do hotel, ficaram medindo a idade de uma senhora, para considerarem se era velha demais para uma trepada. *Era*, foi a conclusão a que chegaram, e nenhum dos dois se animou a abordá-la. Na volta a Roma, Jack alugou um carro diminuto e S continuou sua perambulação, só que agora de carro e não estava mais só, sentando-se em bancos de praça, como fizera em Amsterdam, com o consolo de considerar-se um beatnik. Por causa do cabelo de S, Jack pôs-lhe o apelido de Napoleon e, quando chegou a hora da despedida, Jack lhe disse: *Take it easy, Napoleon.*

* * *

Depois foi Paris, e não é que o pai de S lhe reservara um hotel duas-estrelas em Pigalle? Quando garoto de doze, treze anos, S já conhecera Paris com a família — o pai tinha uma bolsa de estudos em Londres e foi para a França de férias — e alguns anos depois ainda se virava bastante bem na cidade, andava de metrô para baixo e para cima e sua cultura era mais do que suficiente para que ele buscasse os museus que lhe interessavam, sentasse nos bares que tinham sido frequentados pelos existencialistas — para S quase tão atraentes quanto os beatniks —, entrasse em um ou outro bar para ouvir jazz. Mas, como em Amsterdam, seu problema acabou por ser as mulheres, prostitutas que lhe passavam a perna e eis que se viu mais uma vez duro. Por sorte, já comprara uns livros e tinha espírito suficiente para achar romântico passar fome em Paris, lendo, por exemplo, Jacques Prévert num banco de praça. O hotel já fora previamente pago e ele guardara uns trocados para ir até a Gare des Invalides, de metrô, e de lá pegar um ônibus que o levou a Orly, onde mais uma vez tomou um avião da KLM e voltou ao Brasil, via Amsterdam.

— Deste resumo de uma viagem, dá para compreender que, depois das peripécias por que passou, S só pensasse em apressar um casamento com M, o que fez, aos vinte e um anos, depois de arranjar um emprego e entrar para a faculdade de direito. S amava M, uma mulher muito interessante e atraente, mas desde o início deste casamento sentiu que, tendo casado com a primeira namorada, muita coisa faltara em sua experiência amorosa, pois as prostitutas não contavam. Isso não impediu que curtisse com ela muitas coisas na vida. Com M, passou quase um ano letivo em Paris, como *auditeur libre* no Institut de Sciences Politiques, ano letivo que para eles terminou com o célebre Maio de 68. Já tinha nascido um filho, que viajou com eles antes de completar três anos, e S e M, apesar de brigarem muito, curtiram intensamente a vida parisiense e, disso tudo, pode-se entender por que quase todos os amigos achavam que eles formavam um casal que se dava bem, com muitos gostos em comum. M dava aulas de arte para crianças, S escrevia e publicou um livro, o que explica como foram parar em Iowa City. Mas e a experiência que faltava?

— O tempo andava e, em Iowa City, aproximava-se a época de M voltar para casa, por causa dos filhos, e ela passou por uma série de festas e jantares de despedida, até que chegou a véspera de ela partir e quem os convidou para jantar foi Arnost Lustig. Saíram em direção a um vilarejo nos arredores da cidade e, nesse início de noite, não nevava. E houve uma hora em que Lustig parou o carro numa loja de suvenires e frios e vinhos, à beira da estrada, e, enquanto estavam ali comprando coisas, uma valsa começou a tocar no sistema de som e Lustig tirou M para dançar e pode-se dizer que foi assim que ela saiu de cena, em Iowa, dançando uma valsa numa loja, com o escritor tcheco que visivelmente era encantado por ela.

S sentiu um vazio com a ausência de M, mas o espetáculo devia continuar e havia um lado dele que queria a liberdade e aventuras amorosas, ou mesmo a companhia de homens, sem nenhuma espécie de preocupação com M, como no tempo em que saía ao acaso no carro imenso, de segunda mão, de Nelson Arrietti. Ou no Volks que Hector Libertella comprou para usar no tempo em que permanecesse em Iowa City. Tempo em que iam, por exemplo, a Kalona, terra dos *amish*, jogar dardos na casa de um fotógrafo que vivia de fazer cartões-postais com fotos dos puritanos. Pois era isso que os *amish* eram: puritanos fanáticos que se vestiam de preto e recusavam toda espécie de tecnologia.

Assim, eles cruzavam a estrada em carroções negros puxados por cavalos e não usavam nem mesmo luz elétrica. Na casa do fotógrafo, cujo nome S não se lembra, um dia jogaram aquele jogo do copo, em que as pessoas punham a mão em cima do copo e faziam com que ele deslizasse entre letras dispostas sobre a mesa, o *espírito* manifestado respondendo às perguntas das pessoas. E S quis saber se ia viajar logo com outra bolsa de estudos e o espírito disse que sim, que S iria para a Alemanha. E de fato isso veio a acontecer, por três vezes, mas muito tempo depois e sempre por menos de um mês, naturalmente sem bolsa, mas convidado para palestras e para a Feira de Frankfurt.

Nelson Arrietti já havia se libertado de Poul Borum e foi buscar sua mulher em Nova York, para onde ela fora depois que se separaram, indo morar no Village. Seu nome era Antonieta Madrid, poeta, e tinha sido miss Venezuela. Era uma mulher muito simples, inteligente e simpática e, quando M ainda estava em Iowa City, os convidaram para almoçar e Nelson havia passado por uma transformação, mais tranquilo, cozinhando e ouvindo música clássica. A marijuana estava presente, claro, e eles todos, os latinos, com exceção de Morand, já haviam se habituado a conviver *fumados*, em grande harmonia e com muito senso de humor.

Quase sempre no Volks bastante derrubado de Libertella, S voltava a frequentar bastante o Mayflower, mas isso também fizera quando M estava lá, os escritores europeus convidando-os para comer o que eles, os homens, cozinhavam, sentindo muito orgulho disso. Assim foi com Imre Szasz e às vezes era o próprio macarrão de Libertella. Comeram ainda muito bem na casa de Marilia e seu marido, Gary Parker, mas imbatível era a comida que Socorro, mulher de Fernando del Paso, cozinhava em casa.

M havia trazido do Brasil discos de Milton Nascimento, com o Som Imaginário, e de Caetano Veloso, e era comum que, com as portas abertas nos andares do Mayflower, pusessem os discos para tocar bem alto e Hector e M dançavam, e a música brasileira era muito apreciada, dava aos brasileiros uma forte identidade.

Então M não estava mais em Iowa, mas S, aqui escrevendo, continua a se lembrar dela, apesar de há muito separados, e amá-la de algum modo. E ambos estiveram presentes ao verdadeiro velório que foi a despedida de Shrikant Varma, assessor da primeira-ministra Indira Gandhi, que o chamara de volta por causa das eleições. Varma levou para Indira livros de todos os participantes do programa, inclusive *O sobrevivente*, de S, que se espantou que alguém tão importante pudesse interessar-se por livro tão precário, ainda de iniciante, mas Varma disse que sim, que a primeira-ministra não poderia lê-los, é claro, mas que tinha uma grande biblioteca e que amava ganhar livros de todas as partes do mundo e iria ficar muito contente.

— O que é o tempo, meu Deus: quando se escrevem estas *Vibrações*, quarenta e quatro anos depois, Indira já foi assassinada e Shrikant já morreu, de um ataque cardíaco, isto S soube por Gozo Yoshimasu, quando este fez uma performance no Botanic, no Rio de Janeiro. Varma, que todos respeitavam, mas cuja voz muito típica o irreverente Arrietti arremedava: "*The problem in indian literature is that there is no problem in indian literature*". O sábio Varma, que foi o primeiro a protestar quando um conferencista, convidado pelo conservador Paul Engle, disse que, depois de tantas vanguardas, a ficção se voltaria novamente para as histórias e a poesia para os versos. Levantada esta voz, o palestrante nem mesmo conseguiu concluir sua fala.

Isto lembrava S de um espetáculo de vanguarda, mas muito pretensioso, chatíssimo, a que ele assistira em Paris, no moderníssimo auditório da faculdade de direito, isto em 1967 ou 68, misturando Van Gogh, Antonin Artaud, Becket etc. Como se previamente combinados, um primeiro espectador gritou: "*Assez*", enquanto balas, moedas, chicletes, gaivotas feitas com o programa etc. eram atirados no palco, misturados com vaias e gritos de protesto. Os atores aguentaram até o fim e chegaram a curvar-se para os agradecimentos. S riu tanto que ainda estava rindo quando chegou em casa e contou tudo a M, que ficara com o filho deles, André. Agora, ali sozinho em Iowa City, foi ver muito satisfeito a encenação de *Fim de jogo*, de Becket, montada por Alain Delahaye. Tinham tudo a ver, Delahaye e Becket. Ah, a França, da vanguarda e tradição, a França do irlandês Samuel Becket.

— Mas os europeus ali no programa eram bastante tradicionais, principalmente os reprimidos socialistas, como Aurel Munteanu, o ficcionista romeno que era também jornalista esportivo em sua terra e comentava, com admiração, a seleção brasileira de 70, tricampeã do mundo. E Adrian Paunescu, o outro romeno, que viera com sua bonita mulher, Constanza Buzea, era poeta e bastante jovem. Muito inteligente, chegara sem saber falar uma palavra de inglês, o que aprendeu em dois meses. Jogava xadrez contra três oponentes ao mesmo tempo e vencia todos. Logo já estava contando piadas antissoviéticas em inglês. Não que fosse um dissidente do comunismo, mas é que a Romênia, governada pelo ditador Ceaușescu, atravessava uma fase de afastamento crítico da União Soviética. Uma dessas piadas, que contou no ônibus, numa viagem do grupo de escritores, era: "O socialismo soviético é o castigo de Deus pela revolução de outubro". Mas quem era verdadeiramente Adrian Paunescu, S só veio a saber muitos anos depois. Quando da derrubada do tirano Ceaușescu, cujos crimes vieram à tona, S estava assistindo ao noticiário de tevê que tratava do fato. E imediatamente lhe vieram à cabeça

Munteanu e Paunescu. Numa coincidência incrível, viu uma cena em que Adrian era expulso do edifício da tevê estatal, pelos revolucionários que democratizavam a Romênia. S chegou a pensar que Adrian estava sofrendo um linchamento. Isso não chegou a se confirmar, mas, no dia seguinte, S esclareceu pelos jornais que Paunescu era poeta oficial do regime e ali estava na emissora de tevê para defender Ceauşescu, e foi escorraçado pelos verdadeiros novos revolucionários.

Outro autor de país socialista era Primoz Kosac, da na época unificada Iugoslávia, com quem S simpatizava tanto que chegou a dedicar-lhe um conto, "O pelotão", incluído no volume *Notas de Manfredo Rangel, repórter*. Primoz não escondia muito que se opunha ao marechal Tito, outro ditador comunista, mas dissidente da União Soviética. Primoz foi quem explicou a S que, nos fuzilamentos, o pelotão mirava no coração e não na cabeça do prisioneiro. E contou ainda que na guerrilha antinazista, de que tomou parte, não se hesitava em fuzilar os nazis capturados, da mesma forma que os nazistas não tinham contemplação em torturar e matar os membros da resistência. Kosak escreveu uma peça — traduzida ali no programa — intitulada *O mito de São Che*, cujo título já dizia tudo. Na época, S estranhava que Guevara pudesse ser assim contestado, mas, hoje em dia, aos setenta anos, já desmistificou totalmente o regime cubano, embora não desmistifique de modo algum a revolução contra o ditador Batista.

Quando esteve em Cuba, como membro do júri do prêmio Casa de las Americas, S, paradoxalmente, foi muito bem tratado por Castro. Fidel recebeu o júri e outros poucos convidados à meia-noite, num palácio suntuoso cuja escolha, por razões de segurança, só foi revelada minutos antes da recepção. Já no Brasil, S recebeu uma fotografia sua, de bom tamanho, cumprimentando Fidel e, a princípio, deixou-a bem à vista, junto ao telefone na sala de seu apartamento. Mas, passado algum tempo, imbuindo-se cada vez mais de que o regime imposto por Fidel era uma ditadura comunista como as outras, jogou a foto em algum dos armários da casa, nem sabendo mais qual foi.

Outro oriundo de país socialista no programa era o ficcionista polonês Artur Miedzyrzecki, sempre muito gentil. Suas críticas à União Soviética e ao Partido eram feitas veladamente, um leve queixume, e, por sua idade, uns cinquenta e poucos anos, dava para ver que ele sofrera as agruras do domínio alemão e, sem transição, do soviético. De quem Artur vivia a falar era de sua mulher, Julia, por quem era apaixonado e aguardava ansiosamente a chegada dela, o que só veio a acontecer depois que S voltou ao Brasil.

Dando um salto no tempo, às vésperas de S embarcar, Ray Kril deu-lhe uma festa de despedida, para a qual foram convidados seus amigos, dentre eles Artur. Ray montou na sala uma espécie de cenário audiovisual, com um projetor mostrando na tela um avião que rolava na pista para decolar, mas, depois de chegar ao ponto de decolagem, o final da fita, emendado que fora com o seu princípio, fazia com que o avião não decolasse nunca, o que era enlouquecedor.

Ray também instalou uma câmera de vídeo sobre algum móvel, que filmava os próprios convidados, cuja imagem era simultaneamente vista num televisor. A maconha constante do cardápio, naquele princípio de noite, era fortíssima e Artur, que queimava fumo pela primeira vez depois de hesitar muito, ao ver sua imagem junto com o pessoal na tela, espantou-se e disse que não se lembrava de quando aquilo fora filmado. Frase que, naturalmente, o Artur da tela pronunciou junto com o Artur real, espantando este mais ainda, enquanto todos riam, até que finalmente Artur percebeu o que estava acontecendo.

— Já o altíssimo sueco Erick Beckman, que viera com a

mulher, Lena, e três filhos, muito louros, era um ocidental alegre e espirituoso e não precisava de nenhuma droga para não ser um homem careta, e aquele seu poema em prosa, "The Morocco State Symphonic Orchestra", era uma peça verdadeiramente de vanguarda em sua linguagem oral: "Coexistence-cooperation, BA BA, forget it/ Vi Har, ni kär aoförmogna atill konstruktiv samaberte, ni ar förbannade kräk. Peitsche! Law and Freedom! Justice and Order! Peace and contro! Dromedaries! On two three anda a la, a la la…". "Co-operation! Coexistence! Collaboration! Coition! Fusion! Trust! Leasing! Factoring! Investment! Holding! Community! Society! Foundation! Syndicate! Units! Abwehr! NATO! Nederlandake Human Engineering Aktien-Gesellschaft Amsterdam-Genève-Casablanca! Communicative Watson's Relation Company Zurick-Pentagon-Rabat! Liechtenstein Bank & Trust Company! Coexistence! Cooperation! Collaboration! Combatants! Gegen Bolsjevismus! Schumann, measure 17; En garde — et a la la la, a la la, a la la la, a la la — ach".

"Mais non. Morocco goats and camels. Illiterate arabs. No violins. No celloists. Was für sin Oboe. Um die Bratsche — aah. Cette merde! Stupids! Stupid dumb-dumb. Listen! Les malades laissent les lits — c'est l'estétique, et la musique. But you are scraping and screeching and tooting like barbarians. Vandals. You are vandalising Schumann! You are worse than Algerian pigs! Rats! Ah, Mussolini. Avanti Sorge Il sole, canta Il gallo, Mussolini monta a cavallo. C'est la poésie pure…"

Erik Beckman bebia como um sueco e na saída das festas beijava as mulheres na boca e sua mulher, Lena, beijava os homens na boca.

A garota hippie no bar, completamente bêbada, que insistia em chamar Erik de Uncle George. Estavam na mesa também S, M, Hector e Morand e a garota não tinha dinheiro nem lugar para onde ir. Então Carlito Morand convidou-a para dormir em seu apartamento no Mayflower, isto foi antes de Patricia chegar, e todos sabiam que Morand era confiável e isso devia passar intuitivamente para a garota.

Quando S, no Brasil, fez a adaptação de *Orlando*, de Virginia Woolf, para a diretora Bia Lessa, tendo de encontrar um texto para ser dito numa recepção numa embaixada na Turquia, usou este trecho do poema em prosa de Beckman e também textos dadaístas de Hugo Ball, e tudo funcionou às mil maravilhas.

Hector, naquela mesa, de madrugada, insistia que todos deviam pegar imediatamente um avião para Las Vegas, pois ele tinha um sistema infalível para ganhar na roleta. Estavam todos acostumados com a loucura reinante, e S até teve vontade de ir, mas depois desistiu, diante da insanidade do projeto.

— Era uma época em que as pessoas ainda estavam se encantando com as novas tecnologias e S ficou conhecendo o inglês Mark Bristow, amigo de Ray e que se hospedava em sua casa quando passava por Iowa City. Mark estava percorrendo os Estados Unidos, numa Kombi, exibindo o vídeo "Groove Tube", a TV Underground, realizada pelo Channel One, de Nova York. Neste programa de tevê havia, por exemplo, um anúncio de cofre em que um jovem está enrolando um baseado, quando a polícia bate à sua porta. Afobado, ele junta todo o fumo espalhado e vai fechá-lo, hermeticamente, no cofre tal. Noutra cena, um homem, no momento de transar, não consegue, de forma alguma, desatar o fecho do sutiã da mulher. Já em outra, a câmera vai se aproximando cada vez mais em close do rosto de um apresentador de televisão, até aparecer a goela do jornalista. E assim por diante.

Ao mesmo tempo que Mark exibia o "Groove Tube", aproveitava suas viagens para ir filmando, em super-8, *Mark's America*, documentário feito de dentro ou fora da Kombi, com o dedo no gatilho da câmera, isso por todos os quarenta e oito estados norte-americanos, com exceção do Havaí e Alasca. Filmando tudo de interessante que via pela frente e o resultado, segundo ele, mostrava toda a beleza norte-americana. Com os cortes, totalizava vinte e cinco horas de filme, que depois ele levou seis meses para cortar para três horas. E o resultado, de uma devastadora beleza para os próprios americanos, era apresentado através de quatro projetores em quatro telas, com a duração de quarenta e cinco minutos em cada tela.

Ali, em Iowa City, S pôde ver apenas a sátira à tevê comercial, "Groove Tube", já que *Mark's America* ainda estava sendo filmado. Morando na mesma casa, de Ray, por uns dias, S ficou amigo de Mark, e houve uma noite em que, estando presentes também Nelson Arrietti e Hector Libertella, aproveitaram uma câmera de vídeo tomada emprestada por Ray e improvisaram um programa de tevê, um noticiário, que mostrava os passageiros de um avião sequestrado no aeroporto de Havana.

Com seu sotaque britânico *cockney* e seus cabelos compridíssimos, Mark fazia o papel do embaixador de Sua Majestade que anunciava o protesto veemente que ia levar ao governo cubano. O barbado Arrietti representava Fidel Castro, que discursava com um charo na boca. E S fazia mesmo o papel de um escritor brasileiro que estava no avião sequestrado. Ray fazia o papel do próprio jornalista, Hector fazia não sei mais o que e, afinal, o falso documentário foi concluído. O baseado circulava de mão em mão entre os protagonistas, e S, algum tempo depois, reparou que estava sendo cumprimentado na rua por uma porção de jovens, com um largo sorriso. Então se deu conta de que Ray andava exibindo o vídeo, clandestinamente, é claro, a vários alunos da universidade.

— Um rapaz que veio à casa de Ray vender uma pedra de haxixe a S, enquanto experimentavam o produto, falava com entusiasmo sobre as guerrilhas latino-americanas. Havia uma tremenda facilidade de obter drogas na cidade, bastando ter o número correto de telefone, e quando o grupo Grateful Dead veio se apresentar em Iowa City este comércio esteve mais ativo do que nunca. Uma moça que ficou amiga de S, Nancy, perguntou se ele estava interessado em obter heroína. S ficou amedrontado e disse que não. Mas, pensando hoje em dia, até que gostaria de uma experiência dessas, desde que confiasse na procedência da droga. Da mesma forma que gostaria de experimentar ópio um dia, sempre sem a intenção de se viciar, e até hoje lamenta o vício em cigarros normais que lhe devastaram as artérias. Mas uma mescalina sintética, fabricada, segundo lhe disseram, no laboratório da universidade, S quis experimentar. Na verdade, sentiu alguma coisa perto da alucinação, mas como saber de onde esta vinha, se estava também bebendo uísque e fumando maconha? No fundo, S achava que a reação a certas drogas dependia muito do estado de espírito de quem as tomava, e quando tomou um ácido lisérgico certa vez, em Belo Horizonte, sentiu-se meio apavorado na cama com M, sua mulher, pois segurando o braço dela, este não tinha nenhuma consistência.

9

— Quando apagaram todas as luzes e só permaneceram acesos os refletores que incidiam sobre o palco, projetando cores abstratas e móveis numa tela, e o Grateful Dead começou a tocar displicentemente, houve espectadores que lançaram baseados sobre eles, pedindo mais animação. Na plateia havia gente que tomara de tudo e os baseados passavam de mão em mão, e quando os Dead finalmente tocaram para valer era como se uma suprarrealidade tivesse baixado sobre as cinco mil pessoas no ginásio. E quando Jerry Garcia, que vestia um uniforme parecido com o de um Hell Angel e um chapéu enterrado na cabeça, começou a cantar, encarando agressivamente o público, uma canção que dizia mais ou menos assim: "*I'm going to tell you something*", este público entrou em delírio.

S convidou uma garota boliviana para ir com ele e esta sentou-se no degrau de baixo e descansava as costas nos joelhos de S, que durante todo o show teve vontade de acariciar os seios dela. Enquanto o marido dela, brasileiro, suava a camisa preparando-se para os exames, a garota, Mercedes, de férias, aproveitava sua temporada. E, num grande evento audiovisual, ela participou da seguinte forma: com o corpo todo enrolado em negativos cinematográficos, a mão de alguém ia desenrolando o filme muito devagar, de modo que demorou mais de uma hora para Mercedes ficar completamente nua.

Maria, quando chegou a Iowa, olhava desconfiada para S queimando fumo diariamente. S queria passar para Maria as suas experiências, quando ele apenas flanava com Ray, Nelson Arrietti, Hector Libertella e Mark Bristow em sua primeira visita. Tentava passar, como tenta agora para si mesmo, as primeiras e loucas experiências, mas experiências parecem incomunicáveis, até para quem as experimentou. Maria sobretudo censurava, mesmo que mudamente, S com a mente cheia de maconha, levando M para ouvir o grupo de rock que estagiava na cidade, com um baterista infernal, os cabelos louros caindo sobre os seus olhos e um som que parecia arrebentar os tímpanos dos ouvintes, mas de grande maestria.

Até que naquela noite, na casa de Ray Kril, em companhia de Ray e Libertella que os trouxera em seu Volks branco, o anfitrião enrolou um baseado em que o fumo era o puro capeta. Ray pôs para tocar "Bitches Brew", de Miles Davis, e passou o headphone para M pôr nos ouvidos. E ficou claro para S o momento em que M descobriu para valer o fumo, pois ela chegava para ele, S, e dizia: ouça, ouça, é demais. E todo o seu rosto e corpo eram puro frenesi, e S tentava explicar a M, tirando o fone de seus ouvidos, que não era apenas o som extraordinário de Miles, era também a maconha que aumentava de muito a percepção e dava uma nova dimensão ao tempo. A partir daí M virou uma aficionada, e, quando S voltou ao Brasil, encontrou M queimando o fumo sempre, em companhia de seus irmãos e amigos, que havia muito fumavam maconha. Aliás, encontraram o Brasil inteiro transformado em seus costumes, com ditadura e tudo.

S e M formavam um casal que tinha tudo a ver, e S sentia até orgulho ao perceber como os outros escritores, e Paul Engle e Hua-ling Nieh, admiravam M, mas o problema, para S, era o próprio casamento, a vontade de ter novas experiências. Muito tempo depois, Marilia, então Marilia Yoshimasu, disse que Gozo, já seu marido, comentava que reparara muito em M, uma mulher especial. Gozo era um homem quieto, discreto, mas havia um poema seu que se chamava "Louco durante a manhã".

Eu grito esta frase do meu poema
Eu escrevo a primeira linha
Uma faca pontiaguda se ergue loucamente na manhã
É a minha justiça!

A manhã brilha incandescente e os seios das mulheres não são
sempre belos
Beleza não é sempre a primeira
Toda música é uma mentira
Ah! mais do que qualquer outra coisa, calemos todas as flores
e caiamos na terra!

Na manhã, 24 de setembro de 1966

Eu escrevi uma carta para o meu querido amigo
Sobre o pecado original
Sobre o método de destruição e o crime e a inteligência
perfeitos

Ah!
Que gota d'água rolando na palma cor-de-rosa
Os seios da mulher refletidos num molho de café!
Oh! Eu não posso cair!
Porque eu corro rapidamente sobre a espada, o mundo não desapareceu!

— Quando Marilia ainda era Marilia Parker, e M não havia chegado, S e Marilia andavam juntos por toda a parte. Viajavam no mesmo banco nos ônibus dos escritores, viam filmes no cinema da Iowa House, e até mesmo chegaram a ir sozinhos à discoteca, mas S não dançava, ainda mais vendo como os negros eram dançarinos espetaculares. S contava sua vida a Marilia e Marilia contava algumas de suas coisas a S. Era visível, também, que Marilia costumava estar perto de Elliott Anderson, escritor e tradutor de textos no programa. Que o casamento de Marilia estava indo por água abaixo, era evidente. E S se lembra bem quando Marilia disse que não gostava de orientais, dando a isso uma conotação sexual. Mais tarde, para grande surpresa de S, Marilia escreveu para ele, no Brasil, dizendo que havia se casado com o poeta japonês Gozo Yoshimasu e que estava vivendo com o homem dos seus sonhos. Tornou-se modelo fotográfico em Tóquio e, quando vieram ao Brasil, era claro o deslumbramento de Gozo com sua mulher, fotografando-a o tempo inteiro. Ela, por sua vez, contou que ele se tornara o maior poeta jovem do Japão.

— E agora M havia ido embora, mas quando S procurou o

passado recente, ele já não existia mais. Hector Libertella andava por Nova York, Nelson Arrietti estava casado e S não morava mais em casa de Ray Kril. Quando se sentava num bar para beber com Marilia, em geral havia a companhia de Elliot, embora Elliot também fosse casado e não desse sopa pelas noites. Então S podia voltar a ver filmes com Marilia e, umas duas vezes, ir com ela sozinha às discotecas. Mas ainda era claro que Marilia e Elliot (que aliás ficou muito amigo de S) estavam tendo um caso.

— Mas S começou a aproximar-se de garotas aqui e ali.

Não eram garotas pelas quais ele se sentia muito atraído, S estava procurando aventuras com estrangeiras, americanas, que o levassem a sentir-se fazendo conquistas num país estrangeiro, qualquer uma. Então S puxou conversa com Louise, no café da Iowa House, e fez questão de explicar que estava ali em Iowa por ser escritor, e subiu ao seu quarto para buscar o conto "Lassidão", traduzido por Marilia e Elliot. Louise leu o conto e não se mostrou muito impressionada, então o caso dos dois não passou de ir ao cinema e depois à casa de Ray. Depois foi Nancy, que S conheceu no jantar no dormitório feminino, oferecido a brasileiros pelas garotas que estudavam português. Nesse jantar falava-se português e S explicou ao pessoal que sua mulher e seus filhos estavam em Ubatuba, no litoral de São Paulo. E qual não foi a sua surpresa quando Nancy falou que em seu quarto tinha um pôster de Ubatuba e convidou S para ir até lá. E, de fato, numa incrível coincidência, não só havia um pôster da Secretaria de Turismo do Estado de São Paulo, com uma foto de Ubatuba, como nessa foto aparecia a casa do pai de M, onde ela estaria nesse momento. Então a conversa acabou por cair no tema familiar e S e Nancy, aliás bastante feinha, acabaram por tornar-se apenas amigos. De todo modo, S ficou contente de ter ido a um quarto do dormitório de moças, e Nancy explicou a S que seu irmão estava chegando à idade de ser conscrito para o serviço militar, o que queria dizer Vietnã, e eles já estavam procurando um jeito de ele escapar, nem que fosse fugindo para o Canadá, como muitos outros. Foi esta Nancy que perguntou a S se ele estava interessado em heroína. E você, olhando para ela, parecia uma estudante seriíssima, careta.

E então surgiu Jessica, uma estudante meio feinha e gordinha, e ela e S estabeleceram relações mais uma vez no café da Iowa House, que era um lugar onde S costumava ficar à toa, tomando café e rabiscando alguma coisa numa folha de papel. E Jessica puxou assunto, perguntando a ele se estava estudando, e S pôde entrar com tudo. Que era um escritor e coisa e tal. E que tal darem um passeio? Então entraram no carro de Jessica e ela se perdeu e foi parar na autoestrada, os carros zuniam triscando ao seu lado. E Jessica, que dirigia havia pouco tempo, ficou apavorada. Quando finalmente ela achou o caminho de volta a Iowa City, S convidou Jessica para tomar alguma coisa em seu quarto e ela topou. Tomaram o elevador e eis que estavam lá e S, primeiro segurou a mão dela, depois a beijou, depois a trouxe para a cama e começou a boliná-la toda, seus seios também eram gordinhos, mas passavam e, quando viram, estavam fodendo e S se lembra bem que ficou eufórico por estar, afinal, comendo uma americana, que também chupou seu pau direitinho. Mas depois que gozaram S só pensava em uma coisa, como livrar-se de Jessica, que não o atraía e não houvera nem um pouco de élan naquela trepada e S nem pensou em repeti-la.

Já com a alemã Ingrid, o sentimento e o desejo foram diferentes desde o princípio. S estava tomando café no lugar de sempre no Activities Center e aquela bela figura esguia e loura foi quem puxou assunto. Disse que sempre o via por ali e perguntou o que ele fazia na universidade. S explicou-lhe brevemente o que era o International Writing Program, as reuniões semanais e coisa e tal e perguntou a ela se tinha algum interesse em assistir a uma delas. Ingrid disse que sim e marcaram para a próxima reunião do grupo, que seria em casa de Primoz Kosak. Mas S estava muito interessado na alemã e quis saber se ela tomaria alguma coisa com ele, ela hesitou, mas disse que sim. Nenhum dos dois tinha carro e foram andando e saíram da zona onde o álcool era proibido e entraram num pequeno bar, em que havia só mais dois fregueses, um deles, o mais jovem, sentado à mesa, e o mais velho sentado ao balcão. Falavam sobre as duas guerras, o mais velho, obviamente, sobre a Segunda Grande Guerra, em que fora combatente, e o mais novo sobre aquela *estúpida* Guerra do Vietnã. O equipamento de som tocava Janis Joplin e Ingrid falou que gostava muito de Janis e S disse que ele também. Mas a discussão sobre as duas guerras estava ficando acalorada, o coroa falando de seu orgulho de ex-combatente e o mais jovem se mostrando pacifista. Ingrid sentiu-se incomodada, pois era alemã, *o inimigo*, e falou que desejava ir embora e que ela morava longe e ainda tinha de andar um bom pedaço. S se propôs a acompanhá-la, e ela disse que não precisava, e S, num lance de audácia, propôs que ela dormisse em seu quarto na Iowa House, que era perto. Ele, S, dormiria no tapete e Ingrid ficaria na sua cama. E assim foi feito: Ingrid deitou-se na cama e S acomodou-se o melhor que pôde no tapete. Fingia-se de cavalheiro e ingênuo, mas, em seu íntimo, aguardava o momento em que ela o chamasse para deitar-se, mas o que aconteceu foi que Ingrid levantou-se abruptamente e falou que não aguentava aquela situação, ele dormindo no tapete, e disse que ia embora. Mais uma vez S se propôs a acompanhá-la, mas ela disse que de jeito nenhum. A decepção de S era grande porque, no pouco tempo que se conheceram, ele acalentou uma paixonite por Ingrid, aquela alemã magra e bonita, e o que ele queria mesmo era trepar com ela, talvez até terem um caso. Mas o máximo que pôde fazer foi lembrar-lhe do convite para a reunião do programa, na quinta-feira, e ela falou que passaria ali na quinta-feira às 18h30 e o chamaria da portaria.

Na reunião, todos pensaram que S estava tendo um caso com Ingrid, mas ele não era tolo para fingir isso, e quando Primoz, o iugoslavo, o gozou dizendo que agora entendia por que S quisera ficar sozinho na cidade, ele dissera *Não, não é nada disso*. Até que Ingrid quis ir embora sozinha outra vez e S ficou decepcionadíssimo, pois era óbvio que, se ela tivera uma intenção de ficar com ele, até porque concordara em ir ao seu quarto, esta intenção se desvanecera completamente. Mas até hoje guarda esta frustração e gostaria de ter em suas memórias uma boa trepada e um caso com Ingrid.

10

— De moradores permanentes no hotel havia, além de S, Seymour Krim e Kenneth Brown. Através do grego Apostolos Kizilos, S ficara amigo de Krim e estava muito contente com essa relação, porque podiam ir ao quarto de um e de outro ou mesmo encontrar-se no café da manhã. Era interessante demais para S ouvir histórias que envolviam gente como Norman Mailer, Jack Kerouac, Gary Snider e explicações sobre o *new journalism*.

Na manhã seguinte em que S tomara de noite a mescalina, ia andando distraído pela rua, para buscar sua correspondência no escritório do programa, quando ouviu chamá-lo: "Hey, Sant'Anna". Era Krim, que dizia que ia dar um seminário sobre Borges naquela tarde e se S não queria ir. S queria, naturalmente, e, desde o começo da reunião, notou que o nível dos alunos era selecionadíssimo, pois a discussão entrou até por Ludwig Wittgenstein. A mente de S ainda estava conturbada pela mescalina e o que mais fosse e, quando chegou a vez de lhe perguntarem o que pensava de Borges, S, além de falar aquelas coisas que todo muito sabia, falou, na maior cara de pau, que a literatura de Borges de algum modo antecipava a cultura das drogas.

— Depois Krim apresentou S a Kenneth Brown, um homem muito bonito e forte, que mais parecia um atleta. Agora eram os três e às vezes quatro, ou cinco, porque havia mulheres que vinham acompanhando Brown e, mais tarde, S. S ficava encantado com o modo como Kenneth contava histórias, como a de seu padrinho na Máfia (em Nova York o ramo materno vinha da Máfia e o paterno era da família de um policial), propondo-lhe abrir um teatro e ele, Brown, recusara, pois atrás do teatro viria um ponto de apostas ou de vendas de drogas, então ele preferia ser garçom ou algo semelhante enquanto não pintava trabalho de teatro. De Judith Malina, diretora do Living, disse que parecia uma tia dando conselhos aos sobrinhos. E agora pintara esse trabalho na Universidade de Iowa, para dirigir o departamento de teatro. E Kenneth Brown mostrou-se preocupado com o diretor de teatro anterior na universidade, que fora ninguém menos que Robert Wilson, e perguntou a S se Wilson era realmente bom e S disse que sim, sem dúvida, não apenas bom, mas extraordinário, e descreveu a Kenneth *The Deafman Glance*.

Brown era um homem de teatro nato e, quando se encontravam, ele, S e Krim, na cafeteria da Iowa House para o café da manhã, costumava ler, interpretando, as notícias do jornal da manhã.

— Por outro lado, S prosseguia sua vida com os colegas no International Writing Program e, certa noite, estavam reunidos vários dos escritores num bar e Marilia perguntou a S como ele estava fazendo sozinho e S, já meio tocado, disse a ela que tinha andado com uma garota, mas não era bem o que queria, quem ele desejava era outra. Referia-se a Ingrid e até ia dizer isso, mas ali, lado a lado com Marilia, bem próximo dela, tocou a sua mão e, como Marilia correspondesse, segurando a sua mão, S apertou mais forte a dela. E Marilia disse que também se sentia atraída por ele, mas havia o casamento com M, e Marilia disse que esperasse um pouco que ela ficaria com ele. Marilia era atraente e, embora fosse brasileira, estava satisfazendo o desejo de aventuras de S. Marilia rompera de vez com Gary e estava hospedada com Carlito Morand e Patricia. Então estava fácil escapar para o quarto de S e fodiam a noite inteira e tomavam banhos de banheira e estavam vivendo uma história de amor, com a consciência de que era completamente passageira, o que tornava a coisa ainda melhor, pois sabiam que não tinham nenhum compromisso. A primavera chegara e eles saíam e sentavam-se debaixo de árvores, não cansando nunca de conversarem e mostrarem-se felizes com o seu caso.

E, como não podia deixar de acontecer, acabou acontecendo. Cruzaram no quarto S e Marilia com Kenneth Brown e uma garota sua, estudante de teatro, lindíssima, Seymour Krim e até Hector Libertella um dia. E para S era extremamente agradável que fosse assim, ele com uma amante, Marilia, debaixo das cobertas e ouvindo o papo de Brown. Brown falava num novo espetáculo que escreveria, em que haveria num quarto cinco pessoas como eles, numa universidade e tudo o mais. Também disse a S que queria comprar um jipe Land Rover e se aventurar pela selva, filmando tudo e fazendo contato com os índios. Marilia perguntou a Brown se ele não pretendia casar, e ele respondeu que a única mulher com quem teria se casado era uma japonesa, no tempo em que servira no Oriente. Tinha até uma filha, que não conhecia, com ela. Já Krim não vinha acompanhado e tinha aquela frustração, aos quarenta e nove anos, de não ter constituído uma família, mas parecia tirar grande prazer desses encontros que, para S, eram perfeitos, porque ele estava com uma mulher atraente, tendo como testemunhas um representante da beatnik generation e outro do Living Theatre, acompanhado da sua garota da vez.

E, no dia em que veio embora para o Brasil, encontrou com Kenneth Brown no saguão do hotel, e ele perguntou: "Então, Sant'Anna, teve uma boa estadia na América?". "Sim", ele respondeu, "tive uma ótima estadia na América."

O conto

O *autor tomou na localização da passarela as liberdades da ficção.*

Quantas vezes não quis escrever o conto? O conto que me redimiria de tantos outros, talvez até me eximisse de escrever, esta interminável busca e insatisfação. Mas já no limiar dele eu hesitava, pois se o queria lacônico, enxuto, quase desértico, era também seduzido pela chuva e seus lugares-comuns, como pneus chiando no asfalto, faróis ou letreiros luminosos, ou mesmo pessoas com seus rostos refletidos nas poças d'água. Sim, depois de uma temporada de calor e mormaço, uma chuva fina, mas persistente, fazendo, a princípio, os canteiros recenderem; os amantes sentirem como era boa a chuva com eles ali protegidos naquele andar de edifício, tão elevado que parecia que, a qualquer momento, penetraria no quarto deles uma nuvem; naquele quarto de onde se podiam ver as montanhas encobertas da cidade e a beleza do mar cinzento e revolto perdendo-se na neblina, enquanto eles, os amantes, estavam ali abrigados pelo próprio amor que parece tornar as pessoas indestrutíveis, vivendo momentos de eternidade.

Sim, mas quantas outras vezes não reneguei tal conto, suspeitei dele com seu lirismo aproximando-se, perigosamente, da prosa poética, essa escrita intolerável, pretensamente bela e profunda, procurando aliciar e enlevar leitores, alheando-os da realidade da rua lá embaixo; dos miseráveis abrigando-se da chuva sob marquises, dormindo nas calçadas, cobertos por velhas mantas sujas ou jornais, enquanto nós, os mais afortunados, passávamos depressa por eles em seu torpor, talvez com medo de sermos agredidos ou contaminados, nem que fosse pela culpa de nada podermos fazer além de tirar uma moeda de um real do bolso e dar-lhes. Mas mudaria alguma coisa se fossem dez, cinquenta reais? Porém, o que mais fazer? Escrever um conto, este conto?

Este conto em que uma moça de dezoito anos, estudante na Escola de Artes Visuais do Parque Laje, vem de ônibus desde Copacabana, onde mora, para ver, no centro da cidade, a inauguração de uma exposição de jovens artistas brasileiros. A mostra é exibida no Museu de Arte Moderna, inserido numa paisagem belíssima, à beira-mar, com seus rochedos e vista para o Pão de Açúcar. Um verdadeiro cartão-postal do Rio, ainda que nas suas vizinhanças se juntem cada vez mais mendigos — homens, mulheres e crianças —, vivendo na grama do grande parque do Aterro do Flamengo; ali fodendo, defecando, comendo restos de comida conseguidos em restaurantes; tomando banho nos chafarizes das praças próximas; entocando-se debaixo das passarelas de pedestres. Todos os que passam nas imediações, nos carros, ônibus, ou cruzando a pé as aleias e passarelas, olham para aquelas cenas com desgosto, nojo e mesmo indiferença. E há também os que acham que aqueles molambos devam ser liquidados a tiros, ou se ateando fogo a seus corpos, como já acontecera mais de uma vez na cidade. Mas a maioria acaba por deixá-los de lado, para mergulhar nos próprios pensamentos e interesses.

Esta moça, por exemplo, vinha com boa disposição, alegre

e levemente excitada, pois ia se encontrar com amigos e colegas, inclusive um cara que ela paquerava com alguma esperança, professor na Escola de Artes Visuais, e que participava da mostra. Ela pensava em um dia ser como ele, artista reconhecido, e, para si própria, ela acrescentava: rica. Mas, por ora, tinha de andar de ônibus e conseguiu sentar-se junto ao corredor, o que a deixava mais livre para uma eventual necessidade de escapar de algum importuno, ainda mais hoje que vestia uma saia curta e não usava sutiã, obrigando-a a fazer, com uma das mãos, com que sua blusa ficasse bem ajustada ao busto. De vez em quando ela examinava, disfarçadamente, os outros passageiros, constatando que entre eles — a maioria usando roupas modestas, e com um ar fatigado, quando não dormiam — não havia ninguém com uma aparência perigosa. E quem acabou por sentar-se a seu lado, à janela, foi uma mulher e nada aconteceu.

Quando a moça desceu do ônibus, eram vinte horas e, mesmo apressando seus passos, ela não chegava a temer a travessia, desacompanhada, da larga passarela que ia dar nos jardins do museu sobre as pistas de alta velocidade do Aterro do Flamengo, pois, a essa hora, havia várias pessoas atravessando a ponte. Logo no princípio, ela cruzou com um casal jovem, que vinha abraçadinho, e, depois, com um homem charmoso aparentando trinta e poucos anos, usando um terno alinhado e gravata, e ela chegou a envaidecer-se com o olhar que ele lhe lançou. Mais adiante, a moça avistava, de costas para ela, um grupo de jovens de ambos os sexos, dirigindo-se, com certeza, à exposição. Para além deles, a moça, que era tímida, viu — e teve um certo receio — um homem caminhando, cambaleante e andrajoso, em direção contrária à sua.

Vou me encontrar com ele no meio do caminho, a moça pensou. E pensou também em apressar os passos, para aproximar-se dos jovens, tentando proteger-se da possibilidade de um assalto. Mas havia mais pessoas cruzando a passarela, e ela percebia que o homem tinha muito mais jeito de mendigo que de assaltante, a menos que fosse ambas as coisas, o que não é muito comum. E havia espaço mais do que suficiente para que ela passasse ao largo dele, e ela realmente apressou o passo, para acabar logo com aquela tensão.

O grupo de jovens já avançara bastante e, entre eles e ela, interpunha-se agora o mendigo, a uma distância ainda razoável. Como ele tendia mais para o seu lado esquerdo, a moça deu uma guinada para a sua própria esquerda, só que o mendigo a imitou, indo para a direita. Talvez ele não tivesse a intenção de importuná-la, mas podia ser que sim e, por um instante, a moça pensou em dar meia-volta para fugir dali, mas se controlou, porque não queria fazer um papel ridículo a seus próprios olhos, de assustar-se por nada. De todo modo, desviou-se para a direita e tinha todo o espaço possível para passar longe do mendigo, só que ele veio para o mesmo lado, e ela, então, não teve nenhuma dúvida de que ele ia incomodá-la, mas quem sabe só para pedir dinheiro. E ela, desviando-se para o meio da passarela, pensou que se ele, que também voltava ao centro, embora seus passos oscilassem, viesse com o pedido, ela poderia dar-lhe uma nota de dois reais, ou até de cinco. Ela tinha no bolso uns quinze reais.

Agora a moça o via de perto, só tinha olhos para ele na passarela, que parecia vazia, talvez porque todos quisessem evitar o mendigo. E a figura do homem, que se projetava aos impulsos, para a frente, adquiria mais e mais um corpo nítido e repugnante. Usava um sapato diferente do outro, um deles sem o cordão, a calça rasgada e imunda como a camisa, enquanto o rosto era uma máscara horrenda, os cabelos grudados na cabeça de tanta sujeira, as faces inchadas de tanta bebida e com um ferimento.

O que a moça mais temia aconteceu. Ao chegar perto o bastante, ele veio na direção dela, abrindo os braços para agarrá-la.

A moça tentou correr, mas antes que pudesse fazê-lo, foi segura por um dos braços e puxada pelo homem, que a imprensou contra o corrimão baixo da passarela.

O asco dela pelo cheiro que vinha dele, do seu hálito fétido, dos dentes apodrecidos, da roupa, só era ultrapassado pelo medo que ela sentia de ser violentada ou atirada lá embaixo, para ser estraçalhada pelos veículos, cujos ruídos assustadores ela ouvia, apesar de tudo, pois suas costas inclinavam-se perigosamente sobre o corrimão baixo da passarela.

Era o pior medo que já sentira em sua vida, e ela se viu gritando para o homem que não fizesse aquilo e procurava desvencilhar-se com a força débil de seus punhos. Até que, para surpresa dela, como se o homem ouvisse suas súplicas, ele afastou-se por um momento, o suficiente para que ela visse, sob as luzes da passarela, os olhos dele avermelhados e remelentos, simultaneamente desesperados e vazios. Como se ele já não pertencesse mais a este mundo, mas isso ela só pôde pensar claramente depois, quando tudo havia passado.

"Eu também sou gente", ele disse, com uma voz que era ao mesmo tempo um clamor e um sussurro rouco. E, agarrando os braços dela, puxou-a de novo para si, mas apenas para empurrá-la novamente para o centro da passarela. Ela começou a correr na direção do museu e, vencidos uns quinze metros, deu uma olhada para trás, ainda a tempo de ver o homem, já sentado no corrimão, soltar-se no espaço. O que se seguiu foram os ruídos estridentes e desesperados de freadas e buzinas; os estrondos metálicos que pareciam infindáveis, de colisões e capotamentos, no meio dos quais podiam ser ouvidos gritos.

Na direção contrária à sua, a moça viu várias pessoas correndo, várias delas saindo do museu, para ver os acidentes, mas ela só parou à beira do lago às portas do MAM, com plantas aquáticas e amazônicas, e pôde ver, horizontalmente, nas pistas do aterro, as cenas dantescas de carros e ônibus arrebentados, em todas as posições, expelindo gente de suas ferragens retorcidas derramando sangue e gasolina, uns dois veículos em chamas, enquanto pessoas vindas de outros carros e das margens do aterro já acorriam ao local do acidente para prestar um possível socorro, e já se ouvia uma primeira sirene de carro de polícia.

Com o coração disparado, a moça viu, entre outros corpos, uma pasta de carne e sangue, com uma cabeça esmagada, junto a um ônibus. E lhe ocorreu que podiam ser os restos mortais dele, o homem que a agarrara havia pouco. Aquela cena e o que a antecedera iam ficar gravados para sempre em sua mente, que seria assaltada por aquelas imagens todos os dias e noites, a moça exasperando-se por não conseguir apagá-las da memória. Ela nunca mais seria a mesma, como se houvesse envelhecido vários anos numa única noite, e também não poderia deixar de pensar que a morte de tal homem, o mendigo, com a aniquilação de seu corpo e espírito, era uma libertação e purificação da miséria e podridão humanas.

A moça demorou-se menos do que um minuto na contemplação da tragédia. Depois, como se ainda fugisse, dirigiu-se em passos rápidos à porta de entrada do museu e constatou que este estava bem mais vazio do que seria de esperar, já que muitos visitantes da exposição saíram para ver o que ocorrera.

Os trabalhos do artista que a moça queria ver estavam expostos no segundo andar, conforme o cartaz em que estava escrito: NOVOS ARTISTAS BRASILEIROS, em torno do qual havia quatro ou cinco minirreproduções, entre elas o nu semiabstrato do artista que a moça paquerava. Então a moça, tentando recompor-se, começou a caminhar em direção à escada que a levaria ao segundo andar, mas ao chegar perto desta escada, havia uma grande obra de ferro que atraiu o seu olhar. E, antes mesmo que ela olhasse a obra de frente e pudesse definir com exatidão o que via, foi sentindo as pernas bambas, como na passarela, o coração batendo forte, e o seu rosto, ela sabia, empalidecendo.

A obra, uma escultura, que ela viu de relance numa placa no chão, fora feita por uma mulher, Cristina Salgado, e fora nomeada de *Lança*, era uma comprida haste de ferro fundido, presa por um cabo de aço ao teto do salão e que se afunilava até tornar-se, de fato, a ponta de uma lança, pairando a milímetros de uma cabeça feminina — também de ferro e sem qualquer expressão no rosto virado para cima — que se apoiava em pés e pernas invertidas até as coxas, tudo também metálico, sobre o chão da sala.

A escultura não deixava de ser um decepamento e um esquartejamento, mas também era uma poderosa coisa mental e, por um instante, a moça sentiu como se aquela cabeça e pedaços do corpo, cortados assepticamente, pertencessem a ela e a todas as mulheres do mundo. Mas ao escorregar para o chão, numa vertigem, não foi como se ela tivesse a cabeça atravessada por uma lança para cair numa cratera infernal, e sim como se ela se perdesse num lago tranquilo e profundo dentro dela mesma, onde reinava a paz.

Papeizinhos rasgados

O que o movia era um desejo de beleza, pela qual seria amado e se amaria, mas rabiscando no papel ele percebeu que fracassava, então pegou as duas folhas de caderno, rasgou-as em pedacinhos e jogou-os da janela do apartamento de décimo andar em Copacabana, e ao ver os papeizinhos picados flutuando ao vento dessa noite, era como se fizesse voar o que não alçara voo:

o som de uma caixa de música com uma bailarina de louça rodopiando; o garoto que ele fora na roda-gigante do parque de diversões; o cheiro vivo da maresia penetrando nas ruas do bairro; o peixe bizarro em águas profundas; uma vela queimando no castiçal da capela do internato; a jovem Clarice vestida com uma combinação; o instante de exaltação da mendiga fumando crack; o quadro com a mulher nua no porão do museu; a ressaca do mar batendo na antiga amurada da praia do Flamengo; o pai, o doce pai, no caixão no velório; o riso solto da netinha; o gato absorto lambendo a pata; o barulho da bola estufando a rede numa falta cobrada por Didi no treino em Laranjeiras; o cavalo majestoso cruzando o disco de chegada;

a poesia dos tísicos; uma ponte de ornamentos sobre um rio nublado; o coro das maritacas e os macaquinhos nas árvores da cidade imensa; o silêncio imediatamente após o fim da sinfonia; o bramido das ondas no rochedo; Allen Ginsberg e seu olho vítreo; Miles Davis tocando trompete baixinho no ouvido da moça debruçada no palco; um adeus no aeroporto; o bordado das estrelas; as frutas geométricas pintadas numa fruteira; a caravela séculos atrás na tempestade; o vazio de Deus; o desespero da oração; o demônio de cada um; eu queria ser feliz; o limo no cais; o despertar do sonho mau e a alegria da realidade; a borboleta na flor; o besouro arremetendo contra a vidraça; as mariposas voando em torno do lampião; a orquestra no circo; a trapezista e o palhaço.

Sílabas, letras, frases e palavras partidas, misturando-se ao lixo na rua, vocábulos que ninguém lê e, no entanto, escritos. Um pouco mais tarde a chuva caiu lavando a tinta e levando alguns pedacinhos de papel na corrente, como barquinhos que ele houvesse lançado como no tempo em que era menino. Num desses papeizinhos a própria palavra *barc*, cortada, que depois entraria na galeria de águas fluviais no fluxo para o oceano.

O presépio

Esse homem vinha caminhando desde alguns quarteirões mais abaixo na rua das Laranjeiras, às dez e meia da manhã dessa sexta-feira de dezembro, para seguir prescrições médicas, a fim de reduzir o peso, gorduras no sangue e o estresse, e usava camiseta, bermuda e tênis. O seu caminhar traía um neófito na coisa, ele mostrando-se meio desalentado com o exercício físico, para, de repente, os seus passos se tornarem mais rápidos, ansiosos, como se tivesse pressa de chegar a algum lugar. No entanto, esse homem estava de férias, férias decididas pela própria empresa onde trabalhava, as Lojas Panamericanas, depois de uma tarde em que sentira um mal-estar, com pressão alta, suores, vertigem. E todos já vinham percebendo que ele andava meio alterado, oscilando entre o ensimesmado e o irritadiço, quando uma de suas funções como assistente de promoções e relações com os clientes era funcionar como para-choque nas reclamações dos fregueses, que ocorriam com frequência. O médico do plano de saúde a que a empresa filiava seus funcionários dera a ele as prescrições típicas a homens sedentários, recomendando-lhe, além de um regime, que caminhasse com ritmo em algum lugar aprazível, e durante as caminhadas evitasse pensar em problemas. Como se isso fosse possível.

Um de seus problemas e preocupações maiores era a desconfiança. Ele desconfiava que as férias eram apenas um intervalo de passagem para a demissão, quando ele não pudesse alegar que fora posto na rua por problemas de saúde. Nem mesmo lhe deram uma licença médica, mas as férias, pura e simplesmente.

Ele desconfiava que aquela demissão já vinha sendo tramada pelo chefe de promoções e vendas, que, ele sabia, não gostava dele, com aquela ojeriza que os chefes podem ter pelos subordinados saidinhos demais, metidos a sabidos e com uma ambição que deixa os superiores prevenidos.

Ele vinha subindo a rua pelo lado direito, para não passar bem junto às portas das Panamericanas, pois sentia como uma derrota ser visto por alguns dos funcionários das Lojas, caminhando naqueles trajes em pleno período natalino, quando o seu departamento e todos deviam estar a mil por hora.

Certo que ele poderia escolher um outro local para andar, mas como alugara um apartamento barato na rua do Catete, a subida da rua das Laranjeiras até o Cosme Velho lhe parecia uma escolha natural para a caminhada.

Ou a verdade maior era que ele sentia uma compulsão de observar do outro lado da rua, oculto pelo tráfico e pelos pedestres, as Lojas Panamericanas?

Passando diante das Lojas, ele também nunca deixara de pensar naquilo que fora o seu maior sucesso, e estava ali à vista de todos, e naquele que fora o seu maior fracasso.

Às vezes não é preciso pensar muito para se ter boas ideias, pode acontecer até o contrário, como aconteceu com ele. Tratava-se de uma reunião, ainda no mês de outubro, para a escolha de uma ideia-chave, norteadora de todas as outras ideias, para a campanha do Natal de 2014, avaliando-se a necessidade de se recorrer para isso a uma agência de propaganda ou não.

Além dele mesmo, Rogério, estavam presentes o seu chefe no departamento de promoções e vendas, Deprov, e a secretária do superintendente.

Os três concordavam que o diferencial das Panamericanas era vender um pouco de tudo a preços mais acessíveis que os concorrentes, e que isso devia ser ressaltado.

Rogério estava fazendo risquinhos numa folha de papel, quando se surpreendeu dizendo, num tom de voz normal, até baixo, como se pensasse consigo mesmo:

— Não importa o valor da sua dádiva, mas o tamanho do seu amor.

Houve alguns instantes de silêncio, pela surpresa, até que a secretária da superintendência falou, como que para certificar-se do que havia escutado:

— O que o senhor disse?

Rogério repetiu, agora com maior firmeza, porque tinha, nesse pequeno intervalo, convencido a si próprio de que sua frase era um achado:

— Não importa o valor da sua dádiva, mas o tamanho do seu amor.

— Bonito, isso — disse a secretária.

Quando se soluciona muito rapidamente uma questão, sempre parece que ficou faltando alguma coisa.

— Uma frase dessas não pode induzir os fregueses a comprar os produtos mais baratos? — disse o chefe do Deprov.

— É, pode ser. Precisamos pensar nisso — disse a secretária.

— Talvez algo mais discreto, mas eficaz — disse o chefe. — O que vocês acham dessa: *Aqui você tem tudo para um Natal feliz?*

— Acho boa — disse Rogério, diplomaticamente. — Mas,

com a frase A (ele evitou *dizer minha*), se for a escolhida, poderemos colocar junto com ela, na fachada da loja, os três reis magos adorando o Senhor na gruta de Belém e, como todos sabem, oferecendo-lhe ouro, incenso e mirra. No alto, a estrela-guia.

O coração de Rogério batia, pois, de novo, uma ideia viera límpida a sua mente, como se primeiro surgissem as palavras e depois o pensamento. E ele deixou que isso continuasse a se desenrolar até o fim:

— As Panamericanas estarão levando uma mensagem a toda a cidade, reforçando o verdadeiro espírito de Natal, tão esquecido.

— Realmente pode ficar bonito — disse a secretária da Superintendência, que, como o chefe de departamento, vinha anotando tudo o que se dizia na reunião, e era arguta o bastante para saber que ali se travava, veladamente, de uma disputa entre os dois homens. — E como pode vir a ser uma ideia norteadora de toda a campanha de Natal — ela prosseguiu —, o senhor superintendente gostará, é claro, de dar a palavra final. Pensando no valor da frase do sr. Rogério e na objeção do sr. Xavier, quem sabe se possa chegar a uma frase que atenda a ambos os requisitos.

Temendo que o sucesso lhe fosse subtraído, o próprio Rogério apresentou uma alternativa:

— Um Natal do tamanho do seu amor.

— Bem — disse Xavier, embarcando no êxito possível dessa última frase que, de algum modo, ele ajudara a encontrar: — Essa frase é mais curta e não induz os fregueses a compras muito baratas.

O superintendente das Lojas Panamericanas no Rio de Janeiro não hesitou em escolher a terceira frase, *Um Natal do tamanho do seu amor.*

Sem que pudesse ser considerada uma derrota do chefe, que no entanto acendera um sinal de alerta e reconheceu a antipatia que sentia pelo outro, esse fora o grande triunfo de Rogério, que ali, caminhando, a cem metros das Lojas, do outro lado da rua, podia ver o outdoor com a frase e ilustração, o que lhe aumentava um pouco a autoestima e dava-lhe um trabalho bom e concreto para mostrar na busca de um novo emprego, se fosse o caso.

Mas ali, nas Panamericanas, como em todo lugar, não se podia descansar sobre as conquistas, e logo ele foi chamado, para, entre outras tarefas de rotina, participar da seleção de dois Papais Noéis que se revezariam à entrada das Lojas, durante os vinte dias que antecediam ao Natal.

Diante do seu êxito recente, ele ficara confiante demais no poder das suas ideias e, na reunião preparatória para aquela seleção, estando presentes ele, Rogério, o chefe do Deprov e um assistente do Departamento Pessoal, ele retirou do bolso um papel em que anotara uma ideia na noite anterior e disse:

— Por que não contratamos como um dos Papais Noéis um homem de cor?

Fez-se um silêncio absoluto e o chefe do Deprov aprumou-se na cadeira e encarou Rogério com um olhar muito atento. Já o rapaz do Pessoal, um estudante de direito, olhava para um e para outro, também muito atento, mas sem dar nenhum sinal de que pretendia falar, pelo menos por enquanto. Finalmente o chefe disse, com uma voz absolutamente neutra:

— Com um homem de cor, o senhor quer dizer...

— Sim, um Papai Noel negro.

O chefe do Deprov pareceu animar-se e mostrou-se mais amável do que habitualmente ao falar com Rogério:

— O senhor poderia dar suas razões para essa sugestão?

Rogério notou essa amabilidade e procurou dentro de si mesmo a segurança de quando tivera a ideia, na noite anterior:

— Bem, mais de cinquenta por cento da população brasileira é no mínimo miscigenada. Não sei se há pesquisas a esse respeito, mas uma parte considerável dos fregueses das Panamericanas deve ter esse perfil. Não seria a hora de atrair esses consumidores ainda em maior número?

Como na reunião da frase, o chefe anotava tudo. E perguntou ao rapaz do Pessoal o que ele pensava.

— Bom, não cabe a mim decidir — o jovem disse cautelosamente. — Só sei que entre as pessoas fichadas por nós e pelas agências de emprego para esse trabalho, salvo engano, não existe ninguém... de cor. E, ao que eu saiba, Papai Noel é um mito nórdico.

— Pois é — disse o chefe de departamento, sempre anotando, inclusive o que ele mesmo dizia —, um bom velhinho branco, de barbas brancas, usando roupas vermelhas, distribuindo seus presentes num trenó puxado por renas no meio da neve branca. No mundo inteiro é assim, por que o senhor acha que devemos mudar isso logo aqui nas Panamericanas, sr. Rogério?

Agora ficava claro para Rogério que o outro viera lhe dando corda com o intuito de comprometê-lo, mas lhe parecia que era tarde demais para simplesmente desistir, embora ele já desconfiasse que a ideia não era tão boa. O máximo que podia fazer era amenizar um pouco o impacto da sugestão.

— Bem, é apenas uma ideia, para ver o que os senhores pensam. Como no caso da campanha de Natal, propomos uma nova atitude a partir de nossa empresa. Já pensaram a quantidade de publicidade gratuita que poderemos obter com essa simples mudança, um Papai Noel negro? E o outro, branco, é claro — ele concluiu, lançando olhares para o estudante e o chefe, procurando um mínimo de cumplicidade. Uma cumplicidade que não veio.

— Sr. Rogério — disse o chefe do departamento, sempre anotando. — Não sei se a direção da empresa está interessada nesse tipo de publicidade. Pessoalmente, não creio e não vou ficar em cima do muro: não gosto da ideia, por vários motivos. Mas vou me incumbir de levar a sua proposta, que anotei, à dona Hebe, secretária da Superintendência, que decidirá se deve levá-la ou não ao senhor superintendente.

A resposta que veio da secretária da Superintendência, já no dia seguinte, foi um *não* e uma ordem para que o assunto não voltasse a ser discutido.

Ele não foi mais chamado a participar do processo de seleção dos Papais Noéis e, significativamente, começaram a lhe passar apenas as tarefas que ele detestava: cuidar das reclamações e relações com os clientes. Qualquer pessoa que o observasse bem notaria que ele estava nervoso e deprimido, culminando com aquele mal-estar.

A caminhada, em vez de desanuviar sua mente, o fazia repassar o seu sucesso e o insucesso, materializados agora a sua frente, do outro lado da rua, no outdoor e no som do sino tocado pelo Papai Noel que estava de plantão.

Apressando o passo, ele olhou em frente e foi então que reparou naquela cena, a mendiga recostada num muro, amamentando uma criança, o que causou nele repulsa, que veio juntamente com a raiva de que mendigos gerassem filhos.

Chegando mais perto, ele viu, com um fascínio misturado à aversão, que havia algo de falso e extravagante naquela cena, porque o garoto, com aparência de três anos de idade, era crescido demais para ser amamentado e, na verdade, não havia vestígios de leite em sua boca, nem movimentos em sua garganta. E o seio que a mulher exibia era pequeno, firme e estava seco, e ela própria, que devia ter menos de trinta anos, não estava maltrapilha como seria de esperar em sua condição. Devia ter ganhado de alguma jovem mulher, ou em algum albergue de assistência pública ou religiosa, aquele vestido com listras de várias cores, que ainda não havia desbotado de todo. Era um pouco justo e deixava as pernas da mulher visíveis até um pouco acima dos joelhos, e não era difícil imaginar que um ou outro homem se dispusesse a pagar para ficar com essa mulher, pois, apesar de algumas veias salientes, suas pernas não seriam desprezíveis para todos os homens, como certamente não o eram os seios. E, principalmente, nada estava sujo, já que eles se acomodavam sobre uma manta, e o short do menino, que não usava camisa, fora lavado havia pouco tempo, como se não fosse aceitável, para o cumprimento daquela cena, para a plausibilidade dos seus termos quase inadmissíveis, que o menino estivesse sujo.

    O menino — que vai ver nem era dela — se mantinha naquela atitude viciosa, como se iniciado numa sensualidade prematura e ali representasse, num presépio em movimento, o seu papel ensaiado entre o obsceno e o sacrílego. E, de fato, a imagem de um presépio não era descabida nessa época natalina, quando as pessoas, em princípio, estariam mais vulneráveis aos sentimentos. Muitas pessoas poderiam cismar diante daquela cena, como Rogério, mas haveria também alguns a aceitá-la, pois nem todos eram tão céticos para ver naquilo uma fraude. Com as duas mãos, o menino acariciava aquele seio, em cujo bico às vezes roçava a boca, enquanto os seus olhos tanto podiam fixar o seio como buscar no rosto da mulher sinais de aprovação e ainda passear esses olhos pelo entorno, que agora emoldurava, entre outras coisas e pessoas, Rogério.

    Uns poucos segundos podiam abrigar muitos pensamentos

e percepções simultâneos, e o olhar de Rogério também encarava a mulher bem nos olhos, e quando isso aconteceu a primeira vez, um pouco antes, ela já estava com os seus olhos fixos nos dele e até mais do que isso: ela apresentava para ele uma expressão quase cínica, que significava, ou para ele parecia significar, entre outras coisas, que, por alguma força misteriosa da mente, ela sabia que tinha diante de si um homem que se sentia num momento especialmente frágil, ameaçado por todos os lados, com medo de ver naufragadas não apenas as suas ambições, mas também o que já conquistara, ainda que não fosse grande coisa. Um homem que talvez estivesse disposto a alguma transação com Deus, ou outra entidade, em que tivesse de despender uns trocados por grandes benefícios.

E quando ele passou bem próximo à mulher e ao menino, e ela recitou a sua fala marcada para aquele momento, não o fez com a humildade e convicção que seriam naturais, ou mesmo com a representação que torna os atos dos mendigos ainda mais lamentáveis. Ela desfiou o seu pleito de uma forma desnaturalizada, com impassibilidade, como se tivesse um encenador crítico e entediado dentro de si, ou quem sabe nas imediações, com descaso pela audiência — embora não fossem poucos os que passavam e a desprezavam —, talvez com a vaga esperança de que ali, no meio das pessoas, pudesse encontrar uma ou outra capaz de apreciar as implicações sutis de sua inflexão neutra:

— Cinco reais pelo amor da Virgem Maria e do menino Jesus, que aliviarão o peso do seu coração e pagarão a sua caridade com todas as riquezas e bênçãos no céu e na terra.

Nesse momento o menino revirara os olhos, como que para verificar o efeito causado em Rogério pelas palavras de *sua mãe*, e como se soubesse que elas se referiam também a ele próprio.

Rogério não pôde deixar de notar tanto a petulância no valor pedido como as palavras bem-arranjadas como numa oração.

E, ao que ele já apreendera visualmente, somaram-se essas palavras para formar uma cena completa, e então ele desconfiou, quase teve certeza, de que a mulher e o menino encarnavam ali na rua a Virgem e Jesus. Ou será que ele, Rogério, estaria se deixando levar por seu próprio arranjo natalino, visual e verbal? Do jeito que estava sua cabeça, nela tudo podia se abrigar.

Ele saberia retribuir com cinco reais ao espetáculo, não só, ou exatamente, por que percebera as particularidades da sua construção, mas sobretudo porque a mulher parecia dotada de poderes para decifrar que havia coisas que confrangiam demais o seu coração. Mas ele só trazia duas notas de dez reais e não se pede troco a mendigos, nem ele era um jogador ousado a ponto de apostar dez reais numa incerta graça divina, de que a mulher, apesar de tudo o que havia de profano nela, seria a intermediária. E também já tinha um destino para aquele dinheiro.

Ele passou direto, mas a tempo de ouvir a voz da mulher, agora chiante como de uma serpente, que ela, de algum modo, conseguiu colocar bem próxima dos ouvidos dele:

— Posso fazer o bem e o mal. Se não quer Deus, que leve o diabo.

Ele acelerou bem o passo e percebeu que fugia, até porque passou da lanchonete onde pretendia tomar um suco e um café, e comer um sanduíche natural. E, não querendo voltar atrás, deixou para parar numa padaria um pouco mais acima.

Ao fazer o pedido, no balcão desse estabelecimento, sentiu que estava ofegante e com o coração batendo mais forte, pelos passos desritmados e por causa das palavras da mulher.

Ele tinha um filho de onze anos, que morava com a mãe e a avó. Um menino que tinha problemas, um certo atraso, que se notava mais na dificuldade de aprendizado, e por isso frequentava uma escola especializada, que não custava barato. Ele gostaria de pensar que amava o menino como deveria, mas não conseguia enganar-se. E lhe doía perceber que o menino o admirava muito, ele não conseguia entender por quê, mas pensava que talvez fosse pelo atraso mesmo, que o impedia de ver o pai como era.

Ele sentia falta de uma companheira, uma namorada eventual que fosse, para confiar seus problemas, mas estava só desde a separação da mulher, havia alguns meses, e o lugar onde ele teria mais possibilidade de conhecer alguém que tivesse consideração com ele seriam as Lojas Panamericanas, entre funcionárias menos graduadas, mas nas Lojas era impensável que funcionários se relacionassem nesse nível com funcionárias ou freguesas.

Ao deixar a padaria, depois de comer um pão na chapa — ali não havia sanduíches naturais — e tomar um suco e um café, ele tinha quinze reais no bolso. Parou numa banca e era significativo que, em vez de utilizar a nota de cinco para pagar o jornal, que ele comprava para examinar os classificados, ele utilizasse a nota de dez.

A praga da mulher ainda rondava a sua cabeça, e, entre os vários aspectos de sua vida que ele temia pudessem ser alvo de maus presságios, um dos maiores era o medo de empobrecimento — ele temia até a penúria —, que atingiria em cheio o filho, a começar pela escola especial.

Já ao sair de casa, ele planejava fazer um jogo na Mega-Sena. Havia uma casa lotérica um pouco mais acima, na rua, e outra mais abaixo. Quando decidiu descer, ele já resolvera dar cinco reais à pedinte. A decisão veio da seguinte forma: primeiro dou os cinco reais à mulher e, depois, transformada a maldição em bons votos, passo no banco para retirar mais um pouco de dinheiro e fazer o meu jogo com sete ou oito dezenas.

Depois de ter descido um pouco mais a rua, ele procurava agora avistar a mulher e o menino na calçada, onde os deixara, e, não os avistando, sentiu aflição com a mexida nas peças do jogo, como se ela tornasse inviável ele mudar o seu destino. Por fim, acabou por avistá-los, só que a cena havia mudado. Agora o menino dormia sobre a manta, e a mulher, de perfil para Rogério, conversava com um homem bem moreno, de bermudão, sandálias Havaianas, camiseta, os braços tatuados.

Rogério então parou por completo e ficou observando os dois, e ela tocava no braço dele, com familiaridade. Talvez pelo fato de sentir-se observado, e com a cautela dos que costumam ser vigiados, o homem virou-se na direção de Rogério e olhou-o de cima a baixo, um átimo antes de a mulher fazer o mesmo. Rogério desconfiou que o sujeito já estivera ali por perto quando ele subira a rua, e devia ser o protetor, ou o explorador da mulher e do menino e, vai ver, o responsável, pelo menos em parte, pelo ato que eles encenavam na rua.

Rogério não estava nada bem, estava mais impressionável do que nunca e com presépios na cabeça, e agora via o seu próprio presépio e sua frase sobre o amor destacados nas Panamericanas, como um letreiro de cinema, e cogitou, pela maldição que antes lhe fora lançada, que aquele homem podia representar, naquele conjunto todo, uma espécie de anticristo, ou pai do anticristo, que seria o menino, e teve medo. Quis então atravessar a rua, mas o homem fez isso antes dele e sumiu no meio dos pedestres.

Só restava a Rogério seguir em frente e ele fez isso com passos decididos e olhos fixos na mulher, e logo estavam face a face. Viu que ela estampava de novo um sorriso cínico e movimentava os lábios meio preguiçosamente, pronunciando, baixo, uma oração indistinta, que Rogério pensou que podia ser tanto de súplica como de ameaça, numa língua que poderia não fazer sentido.

Parou então de olhar para ela e caminhou com passos ainda mais firmes. E, ao passar pela mulher, estendeu-lhe não uma e sim duas notas de cinco reais e seguiu em frente, com o coração pulando pela boca e sem olhar para trás, com a certeza de que fizera o que tinha de ser feito, representassem ela, o menino e o homem fosse lá o que fosse.

A bruxa

As bruxas apareciam regularmente em minha rua de infância em Botafogo. As bruxas de que estou falando eram mariposas negras e enormes. Quando entrava uma na casa da gente, dizia-se que era prenúncio de morte na casa. Se fosse de noite e no meu quarto, corria para a cama dos meus pais e lá ficava. E o pai, com um cabo de vassoura, tinha de expulsar a bruxa pela janela, o que às vezes deixava para fazer no dia seguinte, pois as bruxas costumavam ficar imóveis na parede. Esmagá-la, ninguém pensava, talvez por medo ou porque seria um serviço sujo demais.

Quando eu era pequeno, acreditava em muitas coisas, inclusive que o Cristo, no alto do morro do Corcovado, que tinha um dos seus começos no final da minha rua, era mesmo Deus. Antes de dormirmos, as três crianças, nossa mãe nos fazia rezar com ela uma Ave-Maria, um Pai-Nosso, uma Salve-Rainha, um Creio em Deus Pai. E que isso era um caminho para o céu. Depois, fiquei sabendo que se morresse em pecado mortal ia arder para sempre no inferno, o que remetia o Juízo a uma questão de sorte ou azar no último momento, o que me parecia uma injustiça.

Pecado mortal era, por exemplo, falar um palavrão como filho da puta, que horror, embora eu não soubesse exatamente o que era isso.

Quando, nos crepúsculos, o entorno do morro do Cristo se tornava multicor, era uma manifestação do divino musicada pelo canto das cigarras. Uma verdadeira epifania, palavra que só vim a conhecer décadas depois. Mas também se podia pensar que os crepúsculos grandiosos e solenes eram um sinal do fim do mundo, ideia que alguma empregada, ou talvez Zulmira, costureira que vinha em casa trabalhar na máquina Singer, nos transmitia. O que muito nos impressionava na magra e curvada Zulmira era que havia quebrado a espinha num desastre do trem elétrico da Central do Brasil. Era uma *trabalhadora do Brasil!*, conforme conclamava o ditador e depois presidente Getúlio Vargas, *o pai dos pobres.*

Da janela do quarto onde escrevo, vejo frontalmente o Cristo, que, nos dias claros, é uma visão magnífica, que pode me exaltar algumas vezes. Mas também verdadeiramente amo esta visão se o dia é cinzento e tanto o Cristo como o imponente morro sobre o qual se sustenta estão encobertos. É como olhar o mar em dias nublados e escuros, provocando uma poética melancolia.

A última vez que vi uma bruxa, coisa rara no tempo presente na cidade, foi aqui mesmo em meu apartamento, onde agora vivo sozinho. Surgiu em meu quarto, trazida com toda a certeza por uma ventania que anunciava uma tempestade, que de fato veio, uns quinze minutos depois. Quando se juntam o vento e a chuva, é normal que entrem em meu espaço vários insetos, alguns deles muito estranhos, cheios de patas ou carapaças ou mesmo um diminuto chifre. Cheguei a um tempo da vida em que só mato um animal quando absolutamente necessário, como uma barata. E alguns podem ser encantadores, como as joaninhas. Mas a bruxa, que era imensa, me desconcertou ou mesmo atemorizou, porque me vieram à cabeça os medos de infância, como o da morte que, no caso, só poderia ser a minha. Havia até uma trilha sonora para ela, que era a tempestade com raios e trovões. Ela entrou voando pesadamente e pousou no espelho de parede em frente à minha cama, de modo que dava para ver, além de seu dorso, um pedaço de sua parte frontal. Sempre gostei de chuva, mesmo de tempestades, mas nunca na companhia de uma bruxa. E comecei a pensar no que faria para livrar-me dela. Mas como o vento vinha de fora para dentro, não adiantaria espantá-la, a não ser que fosse para outro cômodo. Mas eu teria de jogar com incertas probabilidades e desisti, procurando, antes, vencer o medo, que era uma tolice num adulto.

Não tenho religião, mas me vieram à mente teorias de reencarnação e pensei — com o coração batendo novamente — se aquela bruxa não teria sido, em épocas remotas, um ser humano, naturalmente uma mulher. Pensara ter perdido o meu medo, mas me agitava pensando em feiticeiras queimadas na Idade Média, suas dores atrozes, a grande crueldade da Igreja católica.

Resolvi então levar para o humor e, como não havia ninguém para escutar-me, pronunciei, embora baixinho: "Pode ficar aí, Brunhilda, não deixarei que nada lhe cause dano". Mas era verão e tive de abrir a janela, passada a tempestade, para que o quarto não ficasse muito abafado e, vá lá, confesso: não sei como uma bruxa reagiria se eu ligasse o ar-condicionado. De repente, poderia começar a esvoaçar loucamente. Então levantei-me, fui ao banheiro, depois à cozinha, trouxe de lá um copo com água para a noite e para engolir o comprimido que sempre tomo para dormir. Seu efeito é rápido, tomei-o, apaguei então a luz e que Brunhilda decidisse o que queria para a sua noite. Talvez mudasse de quarto, talvez escapasse pela janela e cortina abertas. Só esperava que não pousasse em cima de mim.

O comprimido que uso tem um defeito. A gente cai num sono pesado, mas desperta, completamente aceso, no princípio da manhã. E vi a bruxa, impassível, no mesmo lugar. Fui ao banheiro, fiz a higiene matinal, voltei para a cama e comecei a devanear olhando para Brunhilda. Como se já me esperasse obrigatoriamente em meu cérebro, minha memória, surgiu em minha mente, como não poderia deixar de ser, a figura de Clarice Lispector. Clarice que, por sua linguagem e temática misteriosas, seus livros densos, ao mesmo tempo iluminadores e obscuros, foi chamada de a escritora bruxa.

Imediatamente, mudei o nome de Brunhilda para Clarice, aliás muito mais bonito.

O fato é que Clarice foi mesmo convidada para um congresso de bruxaria em Bogotá, Colômbia, e compareceu. Pouco se sabe sobre a participação dela no congresso, mas informou a revista *Planeta* que Clarice condicionou sua participação a muito mais ouvir do que falar. E, durante o congresso, limitou-se a ler seu conto *O ovo e a galinha*, peça magistral que contém em si todo o mistério da vida. Mas disse Clarice à mesma revista que os(as) congressistas demonstraram não entendê-la, a não ser um americano que manifestou todo o seu entusiasmo pelo conto.

Tenho um livro cujo conteúdo são cartas e fotografias de Clarice Lispector, mais maravilhosa do que nunca, mulher dotada de uma beleza tão única e original como os seus livros. Apesar de morta de câncer em 1977, sou capaz ainda de apaixonar-me por ela, por uma simples fotografia.

No ano de 1975, quando ainda morava em Belo Horizonte, vim ao Rio para lançar um livro. Tinha o número de telefone de Clarice e liguei para ela, perguntando-lhe como deveria fazer para presenteá-la com o meu novo livro. E ela convidou-me a passar em sua casa, para fazê-lo pessoalmente. E lá fui eu ao seu apartamento na rua Gustavo Sampaio, no Leme. Lembro-me bem de que havia dois quadros de Lúcio Cardoso na parede, que os pintara depois de ter um derrame. Eu me sentia embaraçado diante de uma mulher que admirava tanto, mas Clarice pôs-me à vontade, serviu-me um uísque e também se abriu em relação a alguns aspectos de sua vida, como sua relação com o fogo, que lhe aleijara alguns dedos, depois que dormira, após tomar um sonífero, com um cigarro aceso numa das mãos. Falou-me também de seu hábito de dormir muito cedo — senão não dormia de todo — e acordava às quatro e meia, cinco horas da manhã, e esta era sua hora de escrever. Quando ainda morava com seus dois filhos crianças, escrevia com uma máquina portátil no colo, para não fazer barulho e acordá-los. Disse ainda que não suportava a vida social e que, depois de certo tempo, tivera de separar-se do marido embaixador por causa disso. Também me ouviu a propósito de uma paixão que eu vivia, apesar de casado, e disse que, aos trinta e três anos, já era tempo de eu estar com a vida estabilizada. E teve a extrema gentileza de dizer que eu era um homem bonito, o que me deixou desvanecido. Apesar de ela ter mais de cinquenta anos, eu gostaria de tomá-la nos braços, na verdade a estava amando, a escritora-bruxa, com um sotaque em sua voz, seus mistérios todos, a beleza que ainda tinha com mais de cinquenta anos.

Enquanto estive em sua casa — não queria demorar, para não incomodá-la —, Clarice recebeu dois telefonemas, um deles de Affonso Romano de Sant'Anna, que a convidava para uma reunião em sua casa na noite seguinte. Clarice aceitou o convite, em princípio, e perguntou-me se eu poderia passar para pegá-la, pois, sabendo que eu estava lá, Affonso também me convidara. É claro que eu a pegaria, mas Clarice impôs-me, gentilmente, a condição de que eu a trouxesse de volta tão logo ela se cansasse da reunião.

Fui, exultante, para a casa dos meus pais, onde estava hospedado no Rio de Janeiro. No dia seguinte, pontualmente, passei na casa de Clarice e ela já me esperava. E me pediu que, tão logo se cansasse, me faria um sinal para eu trazê-la de volta.

A casa de Affonso Romano e Marina Colasanti era em Ipanema e, naquela época, não havia táxis suficientes para os candidatos a passageiros e quando, finalmente, conseguimos fazer parar um deles, o motorista recusou a corrida, não me lembro mais por qual motivo. E a grande dama da literatura bateu boca com ele, passou-lhe uma descompostura. Finalmente conseguimos outro táxi e, ao chegarmos ao apartamento de Affonso e Marina, na rua Nascimento Silva, havia lá umas quinze pessoas, além dos anfitriões, e eu me sentia todo orgulhoso de chegar com Clarice Lispector, que foi festejada por todos. Mas não demorou mais do que uns quarenta minutos para que Clarice quisesse ir embora e, para grande decepção minha, Affonso adiantou-se e prontificou-se a levá-la em casa de carro, o que acabou acontecendo.

Clarice Lispector nunca mais saiu da minha cabeça, como objeto do meu amor e até desejo, mas com quantos não tive que dividi-la? De todo modo, muitas vezes fantasiei que voltava à sua casa e partilhava sua cama com ela. Mas não ouso escrever nenhuma vulgaridade sobre Clarice.

E volto à outra Clarice, a bruxa no espelho de meu quarto. Resolvi sair, tomar o café da manhã numa padaria e caminhar para espairecer. Depois do café, fui subindo pelo lado esquerdo a rua das Laranjeiras, onde moro, era um dia fresco, com o céu muito azul, e vi macaquinhos passeando pelas árvores e pelos fios de eletricidade. De vez em quando, passava um bando de maritacas. Segui em frente e logo chegava à rua Cosme Velho. Numa associação óbvia, não pude deixar de pensar em Machado de Assis, o bruxo do Cosme Velho, cuja casa, com uma placa de sinalização, ficava do lado direito de quem sobe a rua. Atualmente, há ali um café-restaurante chamado Assis.

Continuei caminhando e, ao passar diante da estação do trenzinho do Corcovado, tive o impulso de subir nele. Como era um dia útil, não havia nem fila e lá fui eu, à janela, cortando a mata, feliz da vida, como uma criança. Mas foi só ao chegar ao topo da montanha, aos pés da gigantesca estátua do Cristo Redentor, que compreendi o real motivo de eu estar ali. Era para viver o desfecho de uma história que, de certo modo, até precedia sua causa, ou melhor, estava superposta a ela desde o seu princípio, como acasos necessários. Pois, virando o meu olhar à direita, para baixo, bem lá embaixo, tive a emoção de reviver o meu passado, avistando a rua Cesário Alvim, em Botafogo, de minha infância. E pensei no menino que eu fora, contemplando o Cristo Deus no meio do canto de cigarras e, como se fosse um crepúsculo róseo, me vi elevando minha oração, cheia de medos, ao Senhor.

Depois, virando a cabeça, tornei a olhar para baixo, agora à minha frente, e não apenas divisei o meu apartamento ao longe, mas o vi vazio de mim, contemplei a minha ausência, embora avistando, e estaria cheio de textos e rascunhos, o quarto onde escrevo, primeiro à mão, depois passando para o computador. Ia dizer vazio de tudo, mas lá estaria a bruxa, que agora não me metia mais medo da morte, porque seu nome era Clarice e, mesmo que eu morresse, seria para estar com ela.

Com vontade de voltar a ver a bruxa, caminhei até a plataforma de chegada e partida do trenzinho, desci neste, impaciente, e cheguei à estação da rua Cosme Velho. Estava ansioso demais para descer a rua a pé e peguei um ônibus, que me deixou bem próximo ao meu edifício. Tomei o elevador até o oitavo andar, onde moro, e a chave tremeu em minha mão até penetrar na fechadura e bati a porta atrás de mim. Vi-me sozinho na sala e dali também avistava o Cristo, de onde acabara de vir. Mas o que me interessava agora era a bruxa, Clarice, e fui a passos largos até a porta do meu quarto, olhei para o espelho e a bruxa não estava mais lá. Ansiosamente, percorri todos os cômodos do apartamento e nada.

Voltando ao quarto, senti a brisa que entrava pela janela, fazendo esvoaçar a cortina, como um rastro da bruxa, ou Clarice, que escapara pela janela, e experimentei o espaço como se fosse um quadro de Edward Hopper, um aposento de alguém que já partira, embora eu estivesse ali. Mas era também como se eu houvesse partido e senti uma imensa nostalgia.

Fui impelido, então, a aproximar meu rosto do espelho, onde estivera a grande mariposa negra, ou Clarice, e vi que ela deixara atrás de si um pozinho, como um pólen, fertilizando talvez outras bruxas, mas fertilizando, com toda a certeza, o meu conto.

Bastidores

Crepúsculo róseo, cantar de cigarras, rádios nas casas tocando a Ave-Maria, pontualmente às dezoito horas. Meninos e meninas que saem de suas casas para a calçada, depois de trocarem os uniformes de colégio por roupas caseiras. Brincadeiras de pegador, a garotada cruzando aquela rua secundária de Botafogo, a Cesário Alvim. Meninos jogando futebol com bolas de meia ou de borracha, driblando e chutando entre carros estacionados. Outras vezes se arriscam a machucar-se em guerras de pedra. Noutras, jogam bolinhas de gude ou brincam de polícia e ladrão. Meninas entoando cantigas e brincando de roda, as coxas alvas se mostrando sob as saias rodopiando. Ele, o menino de doze anos, que olha quase concupiscente para aquelas coxas. Numa festa de aniversário, ainda com onze anos, ficou o tempo todo de mãos dadas com a menina chamada Miriam, filha de um amigo do pai dele. As pessoas diziam que eram namorados, ele enrubescia, mas gostava. Ocultando-se os dois num armário na brincadeira de esconde-esconde, ele queria que não os encontrassem nunca.

Ele, já com doze anos, tinha uma paixão latente no peito

que podia ser por mais de uma menina e imaginava a garota da casa em frente, Maria Luiza, trocando de roupa no quarto dela diante de uma penteadeira. No quarto da mãe dele havia uma penteadeira de espelho tríplice, dois deles dobradiços, e ele gostava de ver-se multiplicando-se neles.

No alto da rua começava o morro que ia dar no Cristo Redentor. Ou, dobrando-se à direita, ia-se ter à rua Davi Campista, gêmea e paralela à rua Cesário Alvim. Por isso o carro pôde subir a Davi Campista e virar à esquerda na Cesário Alvim e, numa velocidade imprudente, o motorista, fazendo ranger forte os pneus, só conseguiu frear a um metro de Maria Luiza, que pulava corda sobre o asfalto e caiu desmaiada. Isso ficou gravado para sempre na mente do contista, bem como as sensações de um crepúsculo na sua rua, aos doze anos.

Muitos anos depois ele escreveu aquela peça que começava com o mesmo crepúsculo róseo, o cantar das cigarras, o soar da Ave-Maria. Ele, o autor do espetáculo e deste escrito, se vê à janela de sua antiga casa, olhando por uma fresta as meninas de sainha pulando corda e deixando ver suas coxas alvas. E um outro grupo de meninas canta a canção: *Nessa rua, nessa rua tem um bosque/ que se chama, que se chama solidão/ Dentro dele, dentro dele mora um anjo/ que roubou, que roubou meu coração...*
Na peça, ele é um jovem poeta romântico e vê quando a menina de doze anos, que no espetáculo é chamada de Mirinha, se afasta do grupo para pular corda sozinha no meio da rua, ao som da mesma canção, mas depois a canção silencia e Mirinha estaca, paralisada, ao ver, no meio do matagal de um terreno baldio, um negro que olha fixamente para ela, que olha para ele, que olha para ela... Nesse momento, um carro esporte, que veio da Davi Campista, desce velozmente a Cesário Alvim

e, rangendo fortemente os pneus, freia a um metro de Mirinha, que cai desmaiada no asfalto. Volta a soar a Ave-Maria, em seu clímax, e o jovem motorista, um playboy da época, de blusão de couro e óculos escuros, toma a menina nos braços e ausculta o seu coração.

No momento da freada, escuta-se um grito abafado — "Oh, não" — do jovem poeta à janela. Julga ele que foi o responsável por tudo, paralisando a menina com o seu olhar fascinado, cheio de paixão. Que o olhar da menina para o negro no terreno baldio foi na verdade para ele, o poeta, que agora observa, como que hipnotizado, as coxas alvas da menina, que o motorista acaricia de leve, fazendo a garota estremecer.

O poeta que vira, de seu posto à janela, quando a menina chegara do colégio, beijara a mãe e subira ao seu quarto, onde, sentada diante de uma penteadeira e, como que obedecendo a um comando dele, o poeta, abre a blusa do uniforme e toca de leve em seus seios, que se multiplicam no espelho tríplice, dobradiço, refletindo um ao outro, infinitamente.

A diretora da peça, em vez de colocar no cenário uma penteadeira, fez a menina abrir sua blusa diante de duas outras jovens atrizes, que repetem os gestos dela, exibindo também os seios, como se fossem reflexos. O autor assiste à peça todas as noites, sozinho no balcão do teatro, que está interditado ao público, para pequenas obras. Assiste apaixonadamente à materialização de suas fantasias, retornando aos seus doze anos e à sua rua de bairro. E, tendo acesso aos bastidores do espetáculo, houve três vezes em que a protagonista, na vida real uma atriz com dezessete anos, sentou-se em seu colo e enlaçou-o pelo pescoço.

É uma peça subjetiva, imaginária, difícil de montar, que o autor narra, como se condenado a escrever para sempre o mesmo conto, a mesma cena real nos bastidores do teatro e da sua mente, como se uma ilusão também para sempre se materializasse.

Caminhos circulares

S começara sua vida literária publicando contos na revista *Estória*, de Belo Horizonte, editada pelos próprios jovens autores que nela publicavam seus textos. Durou seis números. Um dia, chegaram às mãos dos editores da revista, no endereço por eles fornecido, o conto de uma leitora que se chamava Lucienne Samôr. O título era "O olho insano". Considerado pelos editores como dotado de uma estranha força, apesar de sua escrita um tanto *literária*, algo pomposa, e de alguns erros de português, o conto foi incluído num dos números da revista, alcançando relativo sucesso.

Lucienne morava em Conselheiro Lafaiete, MG, mas começou a vir periodicamente a Belo Horizonte, ficando amiga de S e de sua mulher, Mariza. S estava prestes a partir para Iowa City, Iowa, Estados Unidos, convidado a participar do International Writing Program, que reunia naquela cidade escritores de diversos países do mundo. Lucienne estava hospedada em sua casa, quando veio um policial de Lafaiete e a levou de volta presa. S estava no Rio, tratando da documentação para a viagem, quando recebeu um telefonema da mulher com a notícia.

A mãe de S, muito assustada, quis que o filho partisse imediatamente para os Estados Unidos, considerando que a prisão de Lucienne só poderia ter razões políticas. Estava-se no auge da ditadura militar e também a imprensa de BH, tratando o assunto de forma abjeta, considerou a prisão de Lucienne como política e mencionou sua prisão na casa de S, o que era comprometedor para ele. Por ser Lucienne uma escritora, também o temido Departamento de Ordem Política e Social (Dops) considerou a princípio a prisão como política e a moça foi transferida para o departamento, onde, após alguns interrogatórios, sem tortura, ficou claro que Lucienne não tinha nenhum comprometimento político e a presa foi devolvida a Conselheiro Lafaiete, para responder a processo por um crime comum, num caso bastante nebuloso, que envolvia chantagem com homossexuais enrustidos naquela cidade. O principal jornal de Belo Horizonte, apesar de mudar o enfoque, continuou a tratar o assunto de forma vil.

Ainda muito assustada, a mãe de S veio ao apartamento deste em BH, trazendo um maço de dólares e insistindo para que ele viajasse o quanto antes. S recusou, não apenas porque o processo para sua bolsa de estudos, pela Fundação Ford, ainda não estava concluído, bem como ainda não lhe fora concedida sua licença na Justiça do Trabalho, onde era funcionário. E uma partida precipitada poderia ser tomada como uma fuga, além de abandono de emprego, e S não iria deixar sua mulher e filhos para trás. Naquela época, ainda tencionava viajar com a família inteira, o que acabou não acontecendo, por não ter conseguido uma casa para alugar em Iowa City.

O mais inteligente seria permanecer em casa, aparentando tranquilidade, até o embarque, e foi o que efetivamente fez. Durante sua estadia em Iowa City, trocou cartas com Lucienne Samôr, tomando conhecimento do seu processo, sempre nebuloso e, segundo ela, um erro judiciário, que mais cedo ou mais tarde seria esclarecido. A correspondência parou aí, no momento em que S e Mariza — que embarcara sem os filhos, deixando-os com os avós — viajaram por quinze dias para Nova York.

A rica experiência de S em Iowa City foi relatada em outros escritos e Mariza o deixou lá após três meses de estadia, retornando ao Brasil por causa das crianças. S permaneceu na Iowa House, hotelzinho da Universidade de Iowa, onde já se hospedava. Antes vivera em casa de Raymond Kril, sua mulher, Mary, e a filha, Alissa, de meses, e fora uma experiência das mais interessantes, pois Ray era professor de cinema, além de colecionador de discos de jazz e rock 'n' roll. Na casa de Ray havia filmadoras de super-8 e vídeo e, através de Ray, pôde fazer amizade com jovens estudantes americanos e todos consumiam maconha e haxixe até se fartarem. S tinha um quarto com uma cama de solteiro e foi só quando Mariza ia chegar que se mudou para a Iowa House. E então, quando ela partiu, ficou por lá mesmo. Começava aí uma nova fase de sua estadia em Iowa City.

S sentiu, a princípio, falta de Mariza, mas havia novamente a liberdade de estar sozinho na cidade, sem dar satisfação a ninguém e podendo, inclusive, sair com uma ou outra garota. Mais para o fim de sua estadia, fez amizade com outros dois moradores da Iowa House, Seymour Krim e Kenneth Brown, o primeiro jornalista e crítico, pertencendo, podia-se dizer, à beatnik generation e que agora estava dando um curso na Universidade de Iowa. Já Brown era dramaturgo e saíra havia pouco do grupo do Living Theatre, com o qual permanecera durante quatro anos. A convivência com eles deixava S feliz, pois de repente se encontrava no cerne da cultura norte-americana. Costumavam encontrar-se no quarto de S lá pelas dez horas da noite e Kenneth às vezes aparecia com alguma estudante muito bonita. Gostavam os três amigos de conversar fiado e beber uísque e fumar haxixe. Uma coisa interessante em Krim é que depois de ter vivido intensamente na vizinhança dos beats, dizia que agora, aos quarenta e nove anos, lamentava não ter constituído uma família normal como todo mundo.

Mas, para efeito deste texto, interessa, sobretudo, a figura de Kenneth Brown, àquela altura com trinta e quatro anos. Dramaturgo de uma só peça, escrevera *The Brig*, grande sucesso do Living Theatre, estreando em Nova York, dirigida por Judith Malina e ganhando vários prêmios e depois cumprindo carreira internacional. Era um grande prazer ouvir as histórias de Brown, que ele contava com um sotaque fortemente nova-iorquino e uma entonação teatral. Com aquela entonação, às vezes lia notícias de jornal para S e Krim, quando se encontravam no restaurante da Iowa House para o café da manhã, e era divertidíssimo. Sua família, por parte de mãe, era de origem mafiosa e, por parte de pai, ligada à polícia de Nova York. E Brown contou que seu padrinho oferecera abrir um teatro para ele, que recusara, pois sabia que atrás do teatro viriam outras coisas, como, por exemplo, venda de drogas.

Brown era bonitão e parrudo e em nada se parecia com gente de teatro. Servira no Corpo de Fuzileiros Navais em Camp Fuji, no Japão, e *the brig* era justamente uma prisão para fuzileiros e Kenneth cumprira nela uma sentença de trinta dias, por ter se ausentado sem licença da base. Sua peça, bastante ritualística, representava vinte e quatro horas nessa prisão e era demolidora em relação à vida militar. Passara quatro anos na comunidade do Living, viajando pelo mundo, e perguntado por S por que saíra, disse que estava cansado daquilo tudo e que Judith Malina, diretora do grupo junto com Julien Beck, era uma *big mama*.

Entre outras coisas, Brown contou histórias de Frank Sinatra e sua ligação com a Máfia, o encontro com Jean Genet em Paris e perguntou a S se ele toparia fazer uma viagem num jipe

Land Rover pela Amazônia. S disse que sim, mas achava que o outro estava *viajando*. Mais provável, talvez, é que realizasse, como disse, uma peça passada ali na Iowa House. Disse isso quando viu o escritor argentino Hector Libertella, grande amigo de S, chapado contra a parede. Procurando, décadas depois, na internet, referências a outras possíveis peças de Brown, S não encontrou nada.

Kenneth disse que a única mulher por quem realmente se apaixonara na vida fora uma japonesa e com ela havia tido uma filha, que não conhecia, pois a mulher não quisera voltar com ele para os Estados Unidos. Estava ali em Iowa City para montar um espetáculo, que ainda não definira, com os alunos da escola de teatro da Universidade de Iowa. Estava um pouco preocupado, pois fora antecedido na mesma função por ninguém menos que Bob Wilson. Esse *ninguém menos* pode ser dito agora, mas àquela época Wilson era um jovem diretor. Quis saber de S o que este achara do espetáculo de Wilson, *The Deafman Glance*, e S disse que fora de fato sensacional. Mais tarde leu num livro (*Os processos criativos de Robert Wilson*, do brasileiro Luiz Galizia) que, estando o espetáculo em viagem à França (1972), o poeta surrealista Louis Aragon escreveu numa carta ao já falecido (em 1966) André Breton que a peça era tudo aquilo com que os surrealistas haviam sonhado.

Ao retornar a Belo Horizonte, em meados de 1971, produziram-se alguns acontecimentos significativos para o que se pretende enfeixar aqui. Primeiro, S teve a grande surpresa de receber um telefonema da assistente social da penitenciária de mulheres da cidade, informando-lhe que a detenta Lucienne Samôr pedia-lhe que lhe fizesse uma visita e que a data em que isso podia ser feito era num domingo. Por que não o próximo domingo?

S aceitou e, à entrada do presídio, foi submetido a uma revista por um guarda, que fez com que ele deixasse na portaria seu maço de cigarros e fósforos, além do documento de identidade. S estava ao mesmo tempo curioso e ansioso e seu coração batia forte, pois nunca estivera num presídio de mulheres antes. Já fora, sim, à penitenciária agrícola de Neves, visitar um amigo e ex-colega de faculdade de direito, prisioneiro político, e encontrara-o bem, embora houvesse quebrado a perna num jogo de futebol. Mas não sofrera maus-tratos e tiveram uma conversa amena. Também o amigo não demorou a ser solto, pois não havia maiores acusações contra ele.

No pátio do presídio feminino, naquele dia de visita, estavam várias presas com o uniforme azul desbotado da instituição, misturadas a seus parentes e amigos, sentados em bancos compridos, colocados contra a parede.

Dando a uma das guardas a papeleta com o seu nome e o da presa a quem se destinava a sua visita, Lucienne foi trazida lá do interior da penitenciária, à sua presença. Cumprimentaram-se com um abraço distante e sentaram-se num dos bancos, com Lucienne mantendo uma certa distância e explicando por quê: a essa altura as prisioneiras já haviam observado S, ela disse, com sua juventude, cor branca — a maioria das presas era negra — e "boa-pinta" e sentiriam ciúmes de Lucienne, caso ela e S parecessem amigos muito íntimos ou namorados. E depois elas iriam à forra em Lucienne, maltratando-a.

Lucienne contou várias coisas, entre elas que havia ali algumas assassinas, outras, lésbicas, e ela tinha de manter uma prudente distância de todas, não demonstrando preferência por nenhuma. Disse ainda que nos primeiros dias e noites que passara ali chorara muito, mas que agora estava mais acostumada, se é que alguém podia acostumar-se com aquela vida. Lucienne fora condenada a quatro anos de prisão, mas por quê?, S quis saber.

Lucienne repetiu mais ou menos a história já contada pelos jornais, sobre um grupo de jovens conhecidos seus que chantageara homossexuais enrustidos de Conselheiro Lafaiete e que ela fora considerada mentora intelectual do grupo, mas jurava inocência e ainda pretendia rever a sentença, reabrir o caso, com a ajuda de um advogado e jurista muito importante, que se interessara pelo seu caso.

Lucienne quis saber ainda sobre a vida de S, sua viagem, e pediu que este a visitasse novamente, trazendo sua mulher. E assim terminou aquela visita.

Por essa época estava no Brasil, em suas andanças pelo mundo, o Living Theatre, que acabara por alugar uma casa em Ouro Preto, MG, cidade onde o Living pretendia apresentar um evento espetacular, aproveitando a própria topografia do lugar. Vários grupos, misturando membros do Living, moradores da cidade e quem mais se interessasse, subiriam por ladeiras diferentes de Ouro Preto para um encontro e apoteose na praça Tiradentes, no alto e bem no centro da cidade.

Lélio Fabiano dos Santos fora colega de S na faculdade de Direito na Universidade Federal de Minas Gerais e, depois, foram bolsistas na mesma época, 1967-68, na Universidade de Paris, Lélio estudando comunicação e S, no Instituto de Ciências Políticas e na faculdade de direito. Tornaram-se grandes amigos e Lélio, ao voltar para o Brasil, bem depois de S, aceitara o convite do arcebispo de Belo Horizonte, dom Serafim Fernandes de Araújo, para criar a faculdade de comunicação, na Universidade Católica de Minas Gerais, em Belo Horizonte.

Lélio convidou S para ir a Ouro Preto, pois pretendia fazer contato com o pessoal do Living, para montarem um espetáculo no vasto campus da Universidade Católica, com a participação de professores e alunos. Precisava de S para esse contato, porque não falava inglês.

No dia combinado, lá foram eles, acompanhados também de Mariza, mulher de S. Na estrada, S já comentava com Lélio que muito dificilmente a polícia e os militares permitiriam o evento espetacular do Living em Ouro Preto, a céu aberto. A repressão da ditadura, naquele tempo, 1971, era feroz. Mas Lélio e S também refletiram que um espetáculo do Living no campus fechado de uma universidade católica tinha bem mais probabilidades de acontecer. O arcebispo dom Serafim, diretor da universidade, pertencia a uma ala mais progressista da Igreja e a faculdade de comunicação, sob a direção de Lélio, era uma instituição bastante liberal e até experimental, funcionando em regime de cogestão entre professores, alunos e funcionários. S acabou dando aulas lá, mas isso foi algum tempo depois.

Naquela viagem para Ouro Preto, S estava bastante excitado, pois iria conhecer pessoalmente a turma do Living, de fama internacional, pela ousadia e pelo experimentalismo de suas montagens e também por tudo que Kenneth Brown comentara sobre eles. Chegando a Ouro Preto, perguntando aqui e ali sobre os artistas estrangeiros, não tiveram maiores dificuldades de encontrar a casa onde estavam morando, pois eram figuras que chamavam bastante atenção com suas roupas e cabelos de hippies.

Porém, Julian Beck e Judith Malina, os diretores do grupo, não estavam lá naquele momento. Mas não deviam demorar, pois só tinham ido ao circo. Os visitantes foram recebidos por um ator negro fortão, que os acolheu bem. Ouvia-se alto, já desde a rua, o som do disco recente de John Lennon, *The working class hero*. Também já desde a rua se sentia o cheiro forte de maconha.

Finalmente Julien e Judith chegaram, com um ar de grande felicidade por terem assistido àquele espetáculo de um circo, com certeza dos mais mambembes. E Julien destinou aos recém-chegados um sorriso literalmente angelical, que iria ficar para sempre marcado na memória de S. E estar ali com a turma do Living o remetia ao quarto de hotel em Iowa City, à convivência com Kenneth Brown e Seymour Krim, mas sobretudo Brown, as conversas que tiveram sobre o Living Theatre. E quando contou a Beck sobre essa convivência, recebeu de volta outro sorriso, e Julien, bastante excitado, chamou a atenção de Malina para aquele fato, pois ela se afastara um pouco. S não pôde deixar de pensar que Brown se referira a ela como uma *big mama*, mas vendo eles todos, do grupo, pois integrantes mais jovens já haviam se reunido a eles, pensou que formavam uma comunidade ideal, pelo menos aparentemente. E até hoje se arrepende de não ter pedido ao pessoal pelo menos uma bagana, para aumentar sua percepção das pessoas e do ambiente, que, por si só, já tinha um toque de irrealidade. Mas, apesar do cheiro, ninguém estava fumando naquele momento.

S já estava decidido a participar dos dois espetáculos do Living, na universidade e em Ouro Preto. Ia ser uma tremenda aventura, que o remeteria a Iowa City. S tinha um amigo, Otávio, que era de Ouro Preto, embora morasse em Belo Horizonte. E comentara o entusiasmo que a estadia do Living provocava na juventude ouro-pretana. E contou um caso saboroso sobre um dos jovens da cidade que, em visita à casa do Living, na hora de ir para sua própria casa, ouvira de Julien Beck a seguinte proposta: "Quer dormir comigo ou com a Judith?". O jovem não estava pensando em dormir com ninguém, ou, quem sabe, se a ocasião se desse, com uma das belas moças do grupo, mas respondeu mais do que depressa: "Com a Judith". E, ao que parece, assim foi feito, embora S não tenha mais como checar esta história, pois Otávio morreu há vários anos.

Outro jovem de Belo Horizonte, ator, Paulo Augusto de

Lima, se juntara ao grupo e, quando este se foi, nunca mais conseguiu recuperar-se de sua nostalgia. E passou a viver isolado numa casinha num dos morros de Ouro Preto, só vindo à cidade para suprir suas necessidades básicas.

Bom, ali durante aquela visita, os acertos para a apresentação do Living Theatre na Universidade Católica de Minas Gerais foram concretizados, deixando-se ainda em aberto, pois Lélio não tinha poderes para decidir isso, a questão financeira, porque, por mais utópica que fossem a existência e o comportamento do grupo, havia que prover a sua subsistência.

Mas o fato é que nem o evento do Living em Ouro Preto nem a sua apresentação na universidade católica foram concretizados, pois, antes disso, o pessoal todo do grupo foi preso, com grande e mesquinho estardalhaço da imprensa de Belo Horizonte. Preso por porte de maconha que, segundo a polícia e a imprensa, estava escondida no forro do teto da sala da casa onde moravam.

A polícia sabia o que procurava, mas, para as pessoas com mais discernimento, os principais motivos para a prisão eram políticos. Talvez não contassem com o prestígio internacional do Living, cujos integrantes não demorariam a ser soltos, por gestões da embaixada americana no Brasil, embora também fossem expulsos do país.

Antes disso, numa nova visita de S, agora em companhia de sua mulher, à penitenciária de mulheres em Belo Horizonte, viu o casal três moças muito brancas e louras, que Lucienne Samôr apontou como sendo do Living Theatre, praticando ioga num gramado contíguo ao pátio da prisão. Julien Beck e Judith Malina estavam presos no Dops.

Tempos mais tarde, Lucienne contou a S que gostara de uma das garotas do grupo estrangeiro, que fez alguns movimentos em sua direção, mas Lucienne, além de não falar inglês, disse que seria intolerável para as outras presas — aliás quase todas estavam vidradas naquelas moças estrangeiras — que ela deixasse transparecer um caso com a moça do Living. S não pôde deixar de pensar que aí girava um círculo perfeito: Lucienne Samôr, Kenneth Brown, o Living Theatre, prisões e novamente Lucienne, Kenneth, e assim por diante.

O museu da memória

No museu da memória estou fechado no armário de uma mulher adulta, durante uma festa de aniversário, com uma menina de dez anos, como eu, segurando a sua mão no meio de vestidos que roçam nossos rostos e com meu coração disparado de tanta emoção. No museu da memória estou dentro do campo, atrás do gol do Castilho num treino do Fluminense, em Laranjeiras, no momento exato em que o grande goleiro se estica todo, mas não consegue defender uma falta cobrada por Didi, e ouço aquele barulho característico da bola se aninhando na rede. No museu da memória pego a bola quase no meio de campo num jogo do colégio, em Londres, 1953, num parque da cidade no inverno cinzento, e driblo um, driblo dois e marco o gol que me tornará mais respeitado entre os colegas. No museu da memória estou debaixo da marquise do Grande Hotel do Louvre, em Paris, rindo por dentro quando a água que meu irmão jogou com a boca, lá do nosso quarto no hotel, cai sobre os franceses e francesas que esbravejam enfurecidos na fila do ônibus. Depois será a minha vez de subir e jogar água para meu irmão assistir lá embaixo. No museu da memória há a mulher de maiô inteiriço na garupa da minha lambreta, em Ubatuba, encostando, quase imperceptivelmente, os seios nas minhas costas. No museu da memória há essa mesma mulher, vestida de noiva, entrando na igreja ao som de "Jesus alegria dos homens", de Bach, enquanto a espero no altar. No museu da memória grito palavrões, de tanta exaltação, ao decolar para o meu primeiro voo solo no *piper* PP-GOH, subitamente mais leve depois que o instrutor desceu do aparelho. No museu da memória há meus colegas de aeroclube me gozando ao dizer que o GOH decola e pousa sozinho. No museu da memória vejo da janela do dormitório do colégio interno, antes de deitar-me, as luzes do Maracanã acesas para o jogo noturno. Escondido debaixo das cobertas há o radinho de pilha, com um fone de ouvido em que escutarei o jogo, driblando a vigilância do irmão regente. Enquanto os colegas dormem, me vejo transportado ao gramado do estádio. No museu da memória estamos ouvindo música em ondas curtas no radinho de pilha, diante da mata, na casa modesta na rua de terra, em Venda Nova, nos arredores de Belo Horizonte, eu e minha companheira, no meio do barulho de sapos e grilos e a visão de vaga-lumes. No museu da memória há o bloco fantasiado de índio descendo a rua Santa Clara, em Copacabana, marcando o ritmo, de forma arrepiante, com os seus tamancos no asfalto quando a bateria silencia. No museu da memória vejo pela porta entreaberta do meu quarto, em Catalão, Goiás, os seios de minha jovem tia trocando de roupa para dormir. No museu da memória estamos sentados num degrau da escadaria da rua íngreme, em Belo Horizonte, eu e a mocinha de dezenove anos, enquanto já vou para os trinta. No museu da memória escrevo com a caneta esferográfica, no braço desta mocinha, o meu nome, e peço a ela para não apagá-lo quando tomar banho. No museu da memória comentamos rindo, eu e meu irmão, no Museu do Louvre, que as mulheres nos quadros são muito gordas. No museu da memória olhamos, furtivamente, nos livros de fotografias as mulheres nuas e magras. No museu da memória matamos aula, eu e meu irmão, percorrendo, durante dias inteiros, o metrô de Londres. No museu da memória nos regozijamos, eu e ele, ao verificar que o quarto que nos coube, no Hotel Chicago, na Rue de Rome, em Paris, dá de frente para a estrada de ferro e podemos escutar e ver, a intervalos, os trens que partem e chegam à estação Saint Lazare. No museu da memória encurralo a ratazana no relógio de gás de nossa casa em Botafogo, e a esmago com um cabo de vassoura na barriga. No museu da memória há o olhar de ódio da ratazana contra mim. No museu da memória fumamos, pela primeira vez na vida, eu e meu irmão, cigarros da marca Players Navy Cut, nas ruas de Londres. No museu da memória há a primeira mulher, aos catorze anos, no rendez-vous da rua do Riachuelo, 388. No museu da memória há a inesquecível seleção húngara de Puskás e Kocsis, vista no telejornal do cinema londrino vencendo a seleção inglesa, em Wembley, por 6 a 3. No museu da memória há a garota inglesa de uns onze anos me puxando pelo braço para o quarto onde brincam as meninas na festa de aniversário. Até hoje lamento que, por timidez, não me tenha deixado levar. No museu da memória há o meu tio separado da mulher contando minuciosamente, a mim e meu irmão, suas fodas com as amantes. No museu da memória há este mesmo tio, que dormia em nosso quarto, na época da separação, lendo alto para nós as notícias policiais no *Diário da Noite*. No museu da memória há o travesseiro embebido em lança-perfume, o éter me levando à loucura passageira. No museu da memória há Kenneth Brown, em Iowa City, 1971, contando histórias do Living Theatre e da Máfia. No museu da memória há Seymour Krim contando histórias da beatnik generation. No museu da memória há Julian

Beck e Judith Malina sorrindo beatificamente na casa que o Living alugou em Ouro Preto, onde foram presos a pretexto de fumarem maconha. No museu da memória há minha mulher, o escritor chileno e eu andando na picada no meio da neve em Iowa City e assobiando a canção "Que reste-t-il de nos amours". No museu da memória há eu contrito diante da estátua de Nossa Senhora, no retiro espiritual, perguntando-me se teria vocação religiosa. No museu da memória há o assassinato de um homem, alvejado por dois tiros, testemunhado por mim, ainda menino, da janela de um trem, na estação de Goiandira, Goiás. No museu da memória há a febre da criança que fui, provocando-me assustadoras alucinações. No museu da memória há o show do Grateful Dead, no ginásio de Iowa City, diante de um público consumindo todo tipo de drogas. No museu da memória há o cheiro bom de meu pai e minha mãe. No museu da memória há aquela tarde em que ouço em meu apartamento, em Belo Horizonte, pela primeira vez, o cantor negro que ganhará o mundo. No museu da memória há eu adolescente e andando sozinho, com as mãos nos bolsos e assobiando uma canção, em Copacabana. No museu da memória há a lembrança de quando eu tinha uns quatro anos, cortando-me com o aparelho de meu pai, ao imitá-lo fazendo a barba. Ah, quando terá começado este verdadeiro eu?

ESTA OBRA FOI COMPOSTA PELO GRUPO DE CRIAÇÃO EM ELECTRA E
IMPRESSA PELA RR DONNELLEY EM OFSETE SOBRE PAPEL PÓLEN SOFT
DA SUZANO PAPEL E CELULOSE PARA A EDITORA SCHWARCZ
EM JULHO DE 2016